KB119949

언니, 나랑 결혼할래요?

• 김규진 지음 •

언니, 나랑 결혼할래요?

위즈덤하우스

차례

3 ★ 해보기 전엔 모르는 거야

매일매일 작은 승리

중학교 2학년 때, 내가 레즈비언이라는 사실을 깨달았다. 어쩐지 드라마나 영화에 나오는 죽고 못 사는 이성 로맨스에 영 이입이 안 됐었다. 아휴 난 또, 다들 배다른 남매거나 재벌 집 아들딸이라든지 하는 비현실적인 설정 때문에 그런 줄 알았지 뭐야. 정체성도 알았겠다 나를 위한 콘텐츠를 찾기 시작했다. 이제 배다른 자매, 재벌 집 딸들에 대한 레즈비언 콘텐츠를 볼 때였다.

찾은 건 비극뿐이었다. 30여 년을 여성 파트너와 동거해왔지만 법적 가족이 아니라는 이유만으로 같이 살던 집에서 쫓겨난 할머니 이야기. 보수적인 시대상에 못 이겨 결국은 헤어지고 마는 레즈비언 커플의 절절한 사랑 이야기. 보다 보면 우리 엄마 생각이

나서 괴로워지는 청소년 레즈비언의 커밍아웃 스토리. 뭐, 그 외 불륜, 살인, 감옥, 약물, 기타 등등. 자극적이고 흥미진진한 작품이 많았지만 자라나는 청소년의 꿈과 희망에는 바람직하지 못했다.

숨 쉬며 살고 있는 레즈비언인 내 삶을 되돌아봤다. 엄마, 아빠, 남동생 그리고 나, 4인으로 이루어진 이른바 정상 가족의 장녀로 태어났다. 친구들이 공부할 땐 나도 공부했고, 동기들이 취업 준비를 할 땐 나도 취업 준비를 했다. 전문직도 특수직도 아닌 수많은 회사원 중 하나가 되었고, 매일 출근하고 퇴근했다. 재테크도 해보고 싶지만 주식은 무서워 보이고 부동산을 하기엔 돈이 없어서 주로 적금과 상장지수펀드(ETF)에 돈을 넣었다. 음…… 평범했다.

하지만 소수자로 살다 보면 도무지 평범하다고 할 수 없는 거대한 장애물 앞에서 막막해질 때가 있다. 대안학교인 성미산학교에 성소수자의 삶에 대해 강연을 하러 갔을 때 한 남학생이 이런 질문을 했다.

"퀴어로 살다 보면 시간이 지나도 나아질 것 같지 않다는 절망감이 들어요. 이럴 땐 어떻게 마음을 다잡아야 할까요?"

이게 무슨 말인지 나는 너무나도 잘 알고 있었다. 동아리 친구들과 신나게 참여한 퀴어 퍼레이드에서 보수 단체들이 손가락질하며 트럭 앞에 드러눕는 건 귀여운 편이다. 동성 결혼도 아닌 동성애 자체를 두고 찬성을 할지 말지 갑론을박을 하는 모습을 보는 일도 부지기수고, 동성애자를 차별금지법 대상에서 빼자는 법안이 발의되기도 했다. 내 사랑은 누군가의 찬성이 필요하고, 존재는 차별해 마땅하다는 거대 권력의 얘기를 마주하노라면 아무리 긍정적인 나라도 기운이 쭉 빠졌다.

물론 그 와중에도 나는 잘 살았다. 이성애자들도 지구온난화, 금융 위기 등 큰 장애물들이 있지만 그래도 어떻게든 살아가지 않는가. 하지만 결혼하고 싶은 사람을 만났을 때, 얘기가 조금 달라졌다. 30년 뒤에는 한국에서도 동성 결혼이 법제화될 것이라 확신했다. 하지만 그 전에 언니가 병에 걸렸는데 내가 법적 보호자가 아니라서 수술 동의서에 서명을 해주지 못한다면? 언젠가는 바뀌겠지, 이런 커다란 파도 앞에서 내가 무얼 할 수 있겠어, 하고 손 놓고 있기엔 나의 삶에 직접적으로 끼치는 영향이 너무 컸다.

국가를 상대로 소송을 걸까 잠시 생각해봤지만, 나 같은 일개 회사원이 나라와 싸워봤자 불행하고 외로운 싸움이 될 게 뻔했다. 나의 삶뿐만 아니라 내 배우자의 일상도 무너질 수 있다는 점이 두려웠다.

대신 내가 감당할 수 있는 만큼의 자그마한 용기를 내기 시작했다. 한국에서는 동성혼이 안 된다고 하니 미국에 가서 혼인신고를 했다. 웨딩홀 지배인에게 동성 결혼식도 가능한지 물어봤다. 회사

인사팀에 신혼여행 휴가를 신청했고, 받아냈다. 법적으로는 여전히 미혼이지만, 결혼에 한없이 가까운 무언가는 해냈다.

사람들이 내 얘기에 관심을 갖기 시작했다. 포털 사이트 메인에 뜨기도 했고, KBS 9시 뉴스에 출연하기도 했다. 이제 다음에는 뭘 할 거냐는 질문을 받았다.

"글쎄요……. 일단 내일 출근하겠죠?"

나는 차별을 뿌리 뽑을 히어로가 아니고, 여전히 매일 출퇴근을 해야 하는 평범한 회사원이었다. 하필 동성애자다 보니 많이들 하는 결혼 좀 했다고 방송을 탔을 뿐이다.

하지만 그렇기 때문에 내가 할 수 있는 얘기도 분명히 있다. 성미산학교의 남학생에게 내가 했던 답변은 매일매일 구체적이고 작은 승리에 집중하자는 것이었다. 당장 거대한 악을 내가 직접 모두 물리칠 수는 없겠지만 하루하루 작은 차별과 혐오와는 싸워 나갈 수 있다. 국가에 소송을 거는 건 무섭지만 회사에 신혼여행 휴가를 요청하는 정도는 할 수 있는 것처럼. 작지만 값진 승리는 내 일상과 직접 맞닿아 있으니 동기부여가 되고, 변화를 즉각적으로 느낄 수 있어 보람도 크다.

어릴 때 엉뚱한 망상을 하곤 했다. 대한민국 인구가 5천만 명이나 되는데, 한 사람당 나한테 100원씩만 주면 나는 50억 자산가가 될 수 있지 않을까? 100원이니까 각자의 삶에는 치명적인 영향이 없겠지! 하는 망상. 요즘은 비슷하지만 조금 다른 상상을 해본다. 나 같은 보통 사람들이 하루하루 조금씩 삶을 해치지 않는 범위 내에서 작은 악들과 싸워나가다 보면, 그게 모여 언젠가는 큰 변화를 일으키지 않을까?

그저 내가 감당할 수 있는 범위 내에서 작은 싸움을 이겨내고 승리했다는 걸 모두에게 보여주고 싶다. 이렇게 해보니 되더라고, 동성애자도 충분히 잘 살 수 있다고. 그리고 언젠가 성미산학교의 남학생과 웃으며, 세상이 변하긴 변하더라, 살다 보니 달라지더라는 얘기를 나누고 싶다.

정말로 그랬으면 좋겠다. 동화 속 공주님처럼 오래오래 행복하게 살았다는 결말은 아니더라도, 레즈비언 할머니 부부는 드디어 건강보험료를 같이 낼 수 있게 됐다는 해피엔딩이면 좋겠다.

1

★

레즈비언이지만 잘 살고 싶습니다

#어쩌다 레즈비언이 됐냐고요?

"언제부터 레즈비언이었나요?"

한 이성애자에게서 들은 질문이다. 당시에는 당황하여 제대로 답하지 못했지만 이 기회를 빌려 레즈비언의 정체화에 대해 얘기를 해보려고 한다. 서구권에는 비교적 잘 알려졌지만, 아직 동성애자 가시화가 널리 되지 않은 국내에서는 다소 생소한 이야기일 것이다.

전 세계 인구의 약 5%는 동성애자로 태어난다. 이들은 청소년기의 한 시점에 자신의 정체성을 깨닫게 된다. 여성의 경우 평균적으로 만 13세 전후라고 하는데, 개인마다 다르기도 하고 점점 당겨지는 추세이기 때문에 정확히 언제인지 꼬집기에는 무리가 있다. 깨닫는 방식과 계기는 모두 다르며 굉장히 내밀한 정보로 소수의 믿을 만한 지인들에게만 공유한다. 내가 알게 된 시기는 중학교 때이며, 그 방식은 언급했다시피 너무나 개인적이기 때문에 생략하기로 한다.

자신의 정체성을 깨달은, 이쪽 은어로 표현하자면 '각성'한 레즈비언들은 특수한 파장을 통해 서로를 감지할 수 있다. 이것이 우리가 커뮤니티를 형성하고 연애를 할 수 있는 배경이다. 각성 후 1년 내로 세계 레즈비언 협회의 등록 담당 요원이 각성자를 은밀히 찾아가 취조를 한 후 회원 등록을 한다. 0.2% 정도의 확률로 레즈비언이 아닌 여성이 각성한 경우에는 협회에서 해당 기억과 함께 특수 파장을 봉인한다. 이 절차를 거쳐야 비로소 한 명의 레즈비언으로 거듭나 여성애를 실천할 수 있게 되는 것이다. 따라서 엄밀히 따지자면 나는 협회 등록과 함께 비로소 레즈비언이 되었다고 할 수 있겠다.

물론 다 거짓말이다. 세계 레즈비언 협회 같은 건 없고, 안타깝게도 우리끼리 알아볼 수 있는 마땅한 방법 또한 없다. 내가 언제부터 동성애자였는지 나도 잘 모르겠다. 동성애가 유전되는 형질이라는 이론에 따르면 1991년 초 언젠가부터였을 것이다. 정확히 언제인지는 태아가 몇 주차부터 인간인가 하는 심오한 질문에 답변해야 하니 대충 넘어가기로 한다. 동성애가 유전에 의한 것이 아니라 환경에 의해 형성된다는 이론이나 복합적이라는 쪽에 따르자면, 이야기는 더 복잡해진다.

내가 다녔던 초등학교 3학년 교실 뒤편에는 우편함이 마련되어 있어, 받을 친구 이름과 함께 쪽지를 넣으면 해당 업무 담당 학생이 전달해주었다. 쑥스럽기도 하고 대부분의 얘기는 직접 하면 되기 때문에 우편함은 학년 시작 후 몇 주 동안 비어 있었다. 당시 반에는 키가 작고 피부가 뽀얀 여자애가 있었는데, 똑 부러진 말투와 유머 감각을 지녀 친해지고 싶었지만 도저히 접점을 찾을 수 없었다. 같은 아파트 단지에 사는 것도 아니고 서로 아는 친구도 없어서 고민하다 학급 시스템의 도움을 빌리기로 했다.

우편함 담당 학생은 장난기 많은 남자애였는데, 내가 심혈을 기울여 쓴 "안녕, 나는 김규진이라고 하는데 너랑 친해지고 싶어. 나랑 친구 할래?"라는 편지를 쉬는 시간에 모두가 듣는 앞에서 낭독했다. 당혹스러웠지만 다행히도 피부가 뽀얀 여자애는 자기도 친구 하고 싶다는 답장을 다음 날 보내주었다. 해당 일을 계기로 나와 그 친구는 덤블을 쏘다니고 시험공부를 같이 하며 막역한 우정을 나누게 되었고, 장난꾸러기 남자애는 나한테 등짝을 맞았다. 안타깝게도 내가 전학을 가면서 소식이 끊겼는데, 돌이켜보면 이

것이 내가 여성에게 호감을 느낀 최초의 기억이다.

부모님의 해외 파견으로 인해 전학을 간 곳은 중국 상하이에 있는 한 국제학교였다. 인종과 국적이 다양한 학생과 교사들이 모이는 곳이라 한국에서는 좀처럼 겪기 어려운 수용과 존중을 경험했다. 일례로, 중학생 때 보던 한 만화에 심취하여 내가 외계 행성에서 온 우주인이라는 말을 하고 다닌 적이 있었다. 웃어넘기는 정도의 반응을 기대했던 것과는 달리, 당시 언어 담당 선생님은 그 이야기에 대한 에세이를 써보면 어떻겠느냐는 제안으로 나를 당황스럽게 했다. 이러한 환경은 나를 새로운 문화 수용에 유연한 청소년으로 성장시켰다.

중학교 2학년 때쯤 학교에 소문이 돌았다. 내가 레즈비언이고 어떤 여자애를 좋아한다는 것이었다. 얘기를 듣고 당황한 친구가 나에게 이 사실을 알렸고 나는 곰곰이 생각해보았다. 맞는 말인 것 같았다. 내가 레즈비언이고 그 여자애를 좋아한다는 말은 설득력이 있었다. 소문의 도움으로 나는 비교적 빠르게 내 정체성을 찾고 레즈비언으로 살아가게 되었다. 떠들어대던 학생들도 정답을 알게 되니 궁금증이 풀렸다는 듯 더 이상 얘기하지 않았다.

빨랐던 정체화와 반대로 연애는 비교적 늦게 시작한 편이었다.

고등학교 때까지는 애니메이션과 학업에 심취하여 다른 곳에 쓸 에너지가 적었다. 한국에 있는 대학교에 입학한 뒤부터는 동성 교제에 대한 욕구가 생겼으나 번번이 좌절했다. 어디서 왔는지 모를 연애적 결벽 탓에 미팅, 소개팅, 온라인 만남과 같은 소위 인위적인 만남은 거북했지만 그렇다고 동성애자 커뮤니티에 들어가 연애 상대를 찾기는 두려웠다. 한국 사회가 동성애자를 어떻게 받아들일지 모르는 상황에서 본격적으로 발을 들이는 것이 망설여졌다.

시간이 흘러 인생을 낭비하고 있다는 생각이 들 즈음 용기를 쥐어짜 학내 성소수자 동아리에 가입했다. 망설였던 시간이 아까울 만큼 좋은 사람들이 많았고, 나 외에 다른 성소수자가 존재한다는 사실만으로도 심리적 안정감을 주었다. 다른 학교 성소수자 동아리와의 미팅을 통해 인생 첫 연애도 시작했다. 항상 내가 동성애자임은 알고 있었지만 다시금 확신을 느끼게 되는 계기였다. 나는 정말 남자가 아닌 여자를 좋아하는구나!

다시 첫 질문으로 돌아와서, 나는 대체 언제부터 레즈비언이었던 걸까? 처음으로 여자에게 호감을 느꼈을 때? 자신을 레즈비언으로 칭하기 시작했을 때? 첫 연애를 시작했을 때? 이런 생각을 하다 보니 문득 그 질문을 한 주체에 대해 의문이 들었다. 이성애자는 자신이 언제부터 이성애자였는지 정확히 알고 있는 걸까? 하긴, 나한테 굳이 그런 질문을 한 것을 보면 그러함이 분명하다. 설마 본인에 대해 생각해본 적은 없지만 레즈비언은 소수자니까 특수한 계기가 있을 거라고 무례하게 지레짐작하지는 않았을 것이다. 자신의 정체성 확립 시점에 대해 명확하게 기억하고 있다니, 참으로 부러운 일이 아닐 수 없다. 동성애자인 나는, 계속 성찰을 반복할 수밖에.

각성한 레즈비언들은
번쩍

특수한 파장으로 서로를 감지할 수 있습니다.
뚜두두두
뚜두두두
뚜두두두

1년 내로 세계 레즈비언 협회의 등록 담당 요원이 찾아옵니다.
딩동

취조하러 왔습니다.
누구…?

파장을 보다 정확히 감지하기 위한 장비입니다.
수맥 찾나;;
믿어도 되나…

최근 들어 점점 스마트폰 앱으로 교체 중입니다.
아직 제 차례가 안 돼서…

#고려대학교 최고 레즈비언

"규진이 너는 우리 조 남자애 중 누가 제일 마음에 들어?"

미국 대학교에 진학했으면 하는 엄마의 바람과는 달리, 소녀시대를 직접 눈으로 보겠다는 열망을 품고 한국에 있는 대학교에 입학했다. 그런데 학기 시작 전, 신입생과 2학년들이 다 같이 참여하는 2박 3일 오리엔테이션에서 여자 선배들이 저런 질문을 하는 게 아닌가? 내가 조 남자애들에게 느낀 매력은 당연히 0에 수렴했지만, 대학 생활의 초입부터 이상한 애로 보이긴 싫었다. 고민 끝에 개중 가장 성격이 무던하고 똑똑해 보이는 남자애 이름을 말했다. 레즈비언의 삶은 이렇게나 위기와 고뇌의 연속이다.

언젠가 동질집단과 이질집단에 대한 얘기를 주워들었다. 배경이 비슷한 사람들끼리 모인 동질집단은 기능적으로 뛰어났지만, 다른 배경의 사람들이 모인 이질집단은 서로의 차이를 받아들이고 상호작용하는 능력이 발달하기 쉽다는 내용이었다. 얼핏 보자면 나는 동질집단 사이에서 커왔다. 학생들 대부분이 비슷한 가정환경, 소득 수준, 교육 수준, 나이대를 지녔으니 말이다. 국제학교라 국적은 모두 달랐지만, 나는 한국 여자애들 무리와 어울렸으므로 이마저 비슷했다고 볼 수 있다. 그러나 동성애자인 나는 항상 이질감을 느끼며 살아왔다.

내가 고등학교 때까지 다닌 국제학교 학생들은 대부분 연애를 한국 대비 이른 나이에 시작하는 편이었다. 댄스파티, 혹은 프롬 파티에서 어떤 남자애와 춤을 출지는 여자애들의 초유의 관심사였다. 나는 붕 떠 있는 존재였다. 내가 레즈비언임이 전교에 소문이 났다고 해서 친구들이 나에게 남자 얘기를 덜하거나 나의 여자 얘기를 들어주는 건 아니었다.

그래도 해외에서 학교를 다닌 건 비교적 운이 좋았다고 할 수 있다. 여름방학이라 잠시 한국에 들어와 초등학교 때 친하게 지냈던 친구와 밥을 먹을 일이 있었다. 서로 근황 얘기를 나누다 떠볼 겸 동성애자 얘기를 슬쩍 꺼냈더니 그 애가 나에게 한 말은 "야, 밥 먹는데 게이 얘기는 왜 하냐? 속 안 좋아지게"였다. 내가 한국에서 학창 시절을 보냈더라면 심심찮게 들었을 말이겠지.

하지만 결국에는 한국 대학으로 진학을 하게 됐고, 신입생 생활을 마음에 드는 남자애가 누구냐는 질문으로 시작하게 됐다. 도무지 내 성 정체성을 밝힐 마음이 들지 않았다. 오리엔테이션의 클라이맥스를 다 같이 막걸리를 마시고 토하는 행위의 연속인 사발식으로 장식한 점은 조용히 살자는 내 결심을 한층 굳혀주었다. 괜히 성소수자 동아리 같은 거에 가입하거나 여자애랑 연애할 생각하지 말고 수업이나 들으면서 다니자!

3학년의 시작과 함께 깊은 회한이 밀려왔다. 아버지 가라사대, 공부하려면 확실히 하고 놀려면 아주 제대로 놀아야지 어중간한 건 어디에도 못 쓴다고 하였다. 본인의 화려한 당구, 화투, 포커 실력에 대해 해명하며 나온 말이었지만 나도 동의했다. 그런데 지난 2년간 내 꼴이 딱 그 짝이었다. 학점을 알차게 챙기지도 않았고 소주병으로 자취방의 사면을 둘러본 경험도 없을뿐더러 로맨스 역시 전무했다. 이렇게 대학 생활을 끝낼 수는 없었다. 언젠가 홍보물을 통해 봤던 동아리가 떠올랐다.

'사람과사람'이라는 인도주의적 명칭을 지닌 고려대학교의 성소수자 동아리는 무려 .org로 끝나는 신뢰감 넘치는 공식 사이트를 보유하고 있었다. 학부생뿐만 아니라 대학원생과 교환학생, 심지어 교직원까지 회원으로 받는다는 포용적인 소개 글도 호감을 주었다. 앞으로 새로이 시작할 내 대학 생활을 함께할 곳으로 보였다. 홈페이지 한쪽에 마련된 동아리 가입란에 간략한 인적 사항과 연락처를 적어 가입 신청을 했다. 정보 유출이 조금 걱정되었지만 보는 사람들도 다 성소수자일 테니 떠들고 다니지는 않겠지.

내부 사람들도 나와 같은 걱정을 한 모양인지, 가입 전에 동아리 회장과 사전 인터뷰를 해야 정식으로 등록이 된다는 회신이 왔다. 물어보니 최근에 한 호기심 많은 이성애자가 거짓으로 들어온 사례가 생겨 추가된 절차라는 설명이 돌아왔다. "심심해서 가입해봤는데 만화에 나오는 동성애자들처럼 생기지는 않아서 실망했다"고 떠들고 다니는 걸 동아리 회원들이 목격하고 깊이 상심했다고 한다. 못된 사람. 사전 인터뷰를 해야 할 합리적인 이유로 들렸다.

같이 볼 날짜를 정하고 난 뒤 돌연 불안감이 엄습했다. 당시에는 인터넷에서 성소수자를 희화화한 만화가 유행 중이었다. 주인공 남자는 '홍콩행 게이바'라는 간판을 단 가게로 들어가는데, 안에는 형형색색 머리의 헐벗은 남자들이 가면을 쓰고 앉아 있다. 심상치 않음을 느낀 그는 조용히 나가려고 시도하나, 가게 사람들은 "들어올 땐 마음대로지만 나갈 땐 아니"라고 말하며 딜도를 던져 주인공을 포획한다.

물론 이 만화는 허구고, 작가도 차별적인 내용을 그렸다며 나중에 사과문을 올렸다. 하지만 워낙 강렬한 내용이다 보니, 왠지 성소수자들은 외형이 요란하지 않을까 하는 편견이 생겼다. 동아리 회장이 모히칸 머리 스타일에 금목걸이를 걸치고 가죽바지에 왕벨트를 하고 나와 "네가 이 구역의 신입 레즈비언이냐?"라고 질문하는 상상을 하니 아찔해졌다. 지금은 여자가 모히칸 좀 하면 어떠냐 싶지만 당시에는 그런 생각을 했더랬다.

약속한 인터뷰 날, 예정된 시간보다 학생회관 앞에 조금 일찍 도착해 초조한 마음으로 핸드폰을 들여다보고 있었다. 지금이라도 도망칠까 하는 생각을 하던 때 코트를 입은 한 여자가 말을 걸었다.

"동아리 가입 신청하신 분 맞죠?"

동아리 회장은 캠퍼스 어디에서나 볼 수 있는 스타일에 선한 인상을 지닌 언니였다. 그는 사실 오늘 신입 회원이 한 명 더 있다면서 양해를 구했다. 나는 회장이 모히칸에 왕벨트를 한 사람이 아님에 안도하고 있었기 때문에 흔쾌히 괜찮다는 답을 했다.

5분쯤 지났을 때 저 멀리서 익숙한 사람이 인사를 건네왔다. 예전부터 알고 지내던 다른 과 선배였다. 옆 사람이 누군지 물어보면 어떻게 얼버무릴지 고민하며 인사를 되돌려주고 있는데, 갑자기 동아리 회장이 나와 선배를 번갈아 보더니 이렇게 말했다.

"두 분 아는 사이세요?"

세상에, 가입 신청을 한 다른 신입 회원이 바로 그 선배였던 거다. 등잔 밑이 어둡다고, 내 주변에 레즈비언이 있었는데 그걸 지금껏 몰랐다니. 우리 셋은 자리를 옮겨 열심히 수다를 떨었고, 나와 선배는 동아리 정식 회원이 되었다.

그럼 드디어 김규진의 화려하고 문란한 동성애 생활이 시작됐느냐 하면, 안타깝게도 그렇지는 않았다. 동아리에서 만난 회원들은 모두 수강 신청에 고통받으며 성적 정정 때 교수님께 절절한 메일을 보내기도 하는 평범한 학생들이었다. 하지만 동아리는 동시에 내 삶을 확실하게 바꿔놓았다. 여기에서는 아무도 어떤 남자가 이상형인지 왜 연애를 하지 않는지 나에게 물어보지 않았다. 졸업 후 결혼하고 애를 낳아 가족을 꾸릴 거라는 보편적인 가정을 그 누구도 하고 있지 않았다. 내 정체성에 대해 장황한 설명을 할 필요도 없었다. 비로소 나는 동질집단에 속하게 된 것이다.

남들 다 하는 미팅도 드디어 해보았다. 약 다섯 개 학교의 성소수자 동아리 여학생들이 모이는 거대 미팅도 있었는데, 태어나서 그렇게 많은 레즈비언은 처음 보았다. 미국이나 영국 드라마에서 본 것 같은 로맨스는 없었지만, 그냥 여자를 좋아하는 게 당연한 여자들끼리 모여 얘기를 하는 것만으로도 좋았다. 나눈 얘기야 뭐…….

"이상형이 어떻게 돼요?"

"저는 굳이 따지자면 에프엑스 크리스탈? 언니는요?"

"저는 미쓰에이 수지……."

"아, 수지 예쁘죠!"

여자들끼리 걸그룹 얘기만 세 시간 내내 해서 술집 사장님이 쳐다본 적도 있었다.

성소수자 동아리 연합 여자 운동회도 정말 재미있었다! 여성스러운 단체에서 으레 그렇듯이, 최고 인기 종목은 단연코 팔씨름이었다. 손목 발목이 가냘픈 나는 구경만 했는데, 결승전에서 고려대 레즈비언과 연세대 레즈비언이 만나 피 튀기는 접전을 벌였다. 순수한 팔 힘이 아닌 몸무게를 싣고 있지는 않은지, 신호 전에 힘을 주지는 않는지 등 다양한 요소를 확인하며 신경전을 벌이는 모습은 프로페셔널해 보이기도 하고, 조금 부끄럽게 느껴지기도 했다. 승부는 고려대 선배가 손목을 삐끗하며 연세대의 승리로 끝났는데, 이 선배는 그 뒤 절치부심하여 이제는 데드리프트 100kg을 칠 수 있는 듬직한 여성으로 거듭났다.

이때 친해진 언니들과는 아직도 연락하며 가깝게 지내고 있다. 이제 다들 나이를 먹어 회사도 다니고 돈도 벌며 성실한 납세자로 살고 있다. 약 스무 명 정도로 구성된 고려대학교 레즈비언 졸업생 모임에는 여자와 결혼한 사람도 나를 포함하여 세 명이나 된다. 이런 단체를 또 어디에서 만날 수 있을까? 삶의 단계를 비슷하게 밟아가는 사람들이 주변에 있는 건 큰 힘이 된다.

내 결혼식 때, 언니들이 축하 화환을 보냈다.

"고려대학교 최고 레즈비언 김규진의 결혼을 축하합니다."

고려대학교 최고 레즈비언! 거창하고도 우스꽝스러운 문구에 웃음이 터져 나왔다. 최고의 레즈비언이 무엇인지는 아직도 잘 모르겠지만, 동아리에 가입한 선택만큼은 최고라고 생각한다.

#커밍아웃의 기술

내가 일타강사라면 "커밍아웃만 500번, 프로 커밍아웃러! 전무님한테도 와이프 얘기를 하는 김규진 선생님" 따위의 캐치프레이즈가 붙지 않을까? 거짓말을 귀찮아하는 성향을 타고나서인지 어느새 처음 간 미용실 원장님한테도 남편은 없고 와이프는 있다고 설명하는 어른으로 자랐다. 항상 이렇게 살았던 건 아니다. 대학생 시절만 해도 손을 벌벌 떨면서 알코올의 힘을 빌려 겨우 친구들에게 얘기하곤 했다. 몇 번의 실패를 겪어 사람들과 멀어지기도 했다. 아무도 나에게 커밍아웃 잘하는 법을 가르쳐주는 사람이 없었다. 그래서 어떻게 하면 불필요한 시행착오를 줄일 수 있을지 내 경험을 공유하려고 한다.

회사 면접을 성공적으로 보려면 어떻게 해야 할까? 지피지기면 백전백승이라고, 먼저 내가 지원하고자 하는 회사와 직무에 대해 탐색을 할 것이다. 잡플래닛 같은 채용 관련 플랫폼에서 면접 후기를 참고하여 예상 질문과 답변도 작성해야겠다. 회사에 다니고 있거나 동종 업계에 종사하는 선배에게 팁을 구하는 것도 방법이다. 마지막으로 여러 차례의 성공과 실패를 거쳐 나만의 노하우를 터득하면 된다.

커밍아웃도 마찬가지다. '너희들은 몰랐겠지만 나는 인구의 95%와 다르단다'라는 얘기를 하는 데에는 생각보다 기술적인 측면이 있다. 말을 어떤 방식으로 하느냐에 따라 상대가 쉽게 받아들일 수도, 어색해하며 꺼릴 수도 있다. 물론 이상적인 평행세계에서는 이런 고민 자체가 필요하지 않을 테다. 정체성은 한 사람의 고유한 속성이고, 남들이 평가할 수 있는 부분이 아니니까. 하지만 우리가 살아가는 곳은 동성 결혼이 법제화되지 않은 21세기 대한민국이다. 약간의 팁을 통해 주변에 더 쉽게 받아들여질 수 있다면 연습을 해볼 만한 가치가 있다.

팁 첫째, 커밍아웃은 자기소개다. 회사 면접에 빗대긴 했지만, 커밍아웃은 누구의 승인이 필요한 일이 아니다. 나를 받아달라는 구애의 행위가 아닌 나는 이런 사람이라는 정보 전달에 가깝다.

하지만 상대방이 나를 내치지 않았으면 하는 간절함 바람으로 인해 말할 때 분위기가 전자에 가까워지곤 한다. 이럴 경우 듣는 사람이 권력적 우위에 있고 나의 약점을 잡았다는 착각이 들 수 있다. 좋은 친구라면 그렇지 않겠지만, 얘기하기 전까지는 알 수 없는 노릇이다.

나는 대학교를 졸업할 때쯤 되어서야 이 사실을 깨달았고, 이 전까지는 몇 번의 실패를 겪곤 했다. 3학년 때 진로를 마케팅으로 정하면서 관련 교내 학회에 가입했는데, 분위기나 커리큘럼이 마음에 들었다. 구성원들도 경쟁적이면서도 배려심이 있어 친해지고 싶은 사람들이 많았다. 더욱 친밀한 관계를 맺기 위해 정체성을 밝히기로 마음먹고, 가장 소탈해 보이는 언니와 밥을 먹을 때 말을 꺼냈다.

"언니, 나 사실 동성애자야."

"응?"

"언니는 왠지 이해할 거 같아서. 다른 애들한테는 아직 말 안 했는데 이제 얘기하려고. 어때?"

"어…… 내 생각에는 얘기하지 않는 편이 좋을 것 같아."

"왜?"

"고등학교도 아니고 학회인데, 그런 개인적인 얘기는 적절하지 않아 보여."

지금 생각해보면 참으로 개소리다. 고등학교인지 대학교인지가 이 사안에 무슨 영향을 끼친단 말인가? 학회라고 해봤자 같은 학생들끼리 모인 조직이고, 연애 얘기 같은 사담도 곧잘 나누었다. 하지만 당시에는 고르고 골라 나를 제일 쉽게 받아들여 줄 거라고 기대했던 사람에게 이런 말을 들으니 의지가 꺾일 수밖에 없었다. 학회 내 다른 친구에게 얘기하기까지는 반년의 시간이 더 걸렸다. 만약 그때로 돌아간다면, 그 언니에게 의견을 구하는 것이 아니라 나는 동성애자고 너는 이 사실을 알아두기만 하라고 얘기하겠다.

팁 둘째, 듣는 사람이 편안한 환경을 조성하자. '아니 내가 동성애자라고 말하는데 왜 남의 편안함까지 고려해야 하냐, 상대방이 합리적인 시민이라면 마땅히 받아들여야 한다'라고 주장할 수 있다. 하지만 상대방도 누군가의 커밍아웃을 듣는 게 처음일 수 있다. 합리적인 사람이라도 준비되지 않은 상황에서 처음 겪는 일에 대해서는 당황할 수 있다. 듣는 사람의 합리성을 단전에서부터 끌어올려 충분히 발휘할 수 있도록 환경을 조성한다면 내 정체성도 더 쉽게 수용될 수 있으니 이득이라고 생각하자.

내 초기 패인 중 하나는 어두운 공간에서 술의 힘을 빌려 털어놓은 점이었다. 생각만 해도 부담스럽다. 별 얘기가 아니라 할지라도 어두침침한 술집에서 말을 흐리다 얘기하면 상대방이 혼란스러울 수 있다. 친구가 소주를 연거푸 들이켠 뒤 "나…… 사실 두산 베어스 응원해…… 후……"라고 말한다 생각해보자. 혹시 저 두산 베어스가 그 두산 베어스가 아닌 다른 곳인지, 내가 라이벌 팀 팬이라고 착각하고 있는지, 두산가와 얽힌 출생의 비밀이 있는지 등 오만 생각이 다 들 것이다. 하물며 정체성 같은 중요한 얘기는 얼마나 큰 짐으로 느껴지겠는가.

그래서 내가 애용하는 커밍아웃 장소는 식당이다. 우선 맛있는 음식을 먹고 있으니 기분이 좋다. 밝은 조명 아래 맑은 정신으로 있어 이성적인 판단을 하기에도 최적이다. 더하여 혹시라도 상대방이 내 말을 듣고 대답을 생각할 시간이 필요할 때 밥 먹는 척하면서 자연스럽게 뜸을 들일 수도 있다. 분위기 없는 밥집에서 대뜸 얘기하니 고백으로 오인될 여지도 적다. 고깃집에서 삼겹살을 굽다 말한 적도 있고, 분식집에서 참치김밥을 먹다 얘기한 적도 있는데 모두 좋은 기억으로 남았다.

마지막 팁은, 아무리 노력을 해도 받아들여지지 않을 수 있다는 점을 받아들이라는 것이다. 수용이 쉽도록 환경을 조성하고, 말하는 방식도 바꿔볼 수 있지만 결국 반응은 상대방의 몫이다. 마음속 깊이 동성애를 혐오하는 차별주의자라면 환경과 말투 정도로는 그 사람을 바꿀 수 없는 노릇이다. 처음에 말했듯이 커밍아웃은 자기소개인데, 상대방이 내 소개 내용이 마음에 들지 않아 같이 놀지 않을 수도 있는 거다. 그게 옳든 그르든 간에 상대방이 나를 떠나는 건 잡을 수 없다.

하지만 반대로 생각하면 나도 이 사람과 놀지 않으면 된다. 더 깊은 관계를 쌓기 전에 차별주의자와 멀어졌으니 차라리 다행일 수 있다. 나를 싫어하는 사람들에게 매달리기엔 인생이 너무 아깝다. 무턱대고 모두에게 커밍아웃하라는 게 아니다. 하지만 만약 정체성을 밝혔을 때 누군가 떠난다면, 그건 내 문제가 아닌 상대방의 문제이며 자책할 필요가 없다는 얘기다.

자신에 관해 이야기하는 건 인간의 본능적인 욕구라고 생각한다. 항상 자신에 대해 숨기고 거짓말하며 살다 보면 마음에 병이 든다. 적어도 나는 그랬다. 물론 일을 저지르기 전에 득과 실을 따져봐야겠지만, 커밍아웃하기로 마음먹었다면 모두 상처받지 않고 성공하기를 기원한다. 그리고 가족같이 특수한 경우만 제외한다면 생각보다 성공적일 거라는 말을 해주고 싶다. 주변인들에게는 내가 여자를 좋아하는지 남자를 좋아하는지보다는 일을 잘하는 동료인지 같이 있으면 즐거운 친구인지가 더 중요한 법이니까.

#1

쿵짜작
쿵쿵짜작
있잖아…
쿵짜자작
사실은 나…
쿵쿵ㅎ

쿠쿵짜작
쿵짝쿵짝
두산베어스 좋아한다…
짜작
누가 그런 얘길 이렇게 심각하게 꺼내!!

#2

여기 참치김밥 주세요!
네~

난 참치김밥이 제일 좋아.
그래?
응, 그리고 나 레즈비언 이다?
그래?

#제삿날, 부모님한테 고백하기 좋은 날

나는 온라인 질문함을 운영하고 있는데, 단골 고민 중 하나가 부모님에게 커밍아웃하는 방법이다. 질문자의 가정환경이나 성격에 따라 세부 내용이 조금씩 달라지긴 하지만, 이런 질문에 대한 내 대답은 항상 경제적으로 독립한 후 얘기하자는 거였다. 부모도 인간이고 자식의 모든 면을 수용하지 못할 수 있다. 따라서 집에서 쫓겨나거나 경제적 지원이 끊길 수 있으니 자신을 먹여 살릴 수 있게 된 후 말하는 편이 안전하다. 참으로 합리적인 이 대답은 사실 뭇 어른들의 공부 안 하면 나중에 후회한다는 조언과도 같다. 정작 나는 참지 못하고 학생 때 커밍아웃을 했으니 말이다.

어릴 때부터 거짓말을 잘 못했다. 선생님 말씀을 잘 들어서 그런 건 아니고, 내 생각과 다른 얘기를 하는 게 납득이 가지 않았다. 혼낼 때 "규진이 잘못했어, 안 했어?"라고 물어보면 솔직하게 안 했다고 얘기하는 어린이였다. 20대 초반까지는 이런 성향이 내 성 정체성과 큰 연관이 없었다. 엄마가 연애에 대해 물어봐도 평온하게 그런 거 안 한다고 대답했다. 당시에는 실제로 남녀불문하고 누구와 사귀어본 적이 없었으니까. 여자 손은 팔씨름할 때나 잡던 시절이었다.

고민은 스물세 살에 첫 연애를 하면서 시작됐다. 중학교 2학년 때부터 내가 동성애자인 건 알고 있었지만, 여자와 사귀고 나니 아주 강한 확신이 들었다. 나는 여자를 정말 좋아하는구나, 남자에게는 이런 감정을 티끌만큼도 느낄 수 없겠구나, 하는 확신. 연애 사업은 어떻게 되어가냐는 엄마 질문에도 이제는 거짓말을 해야 했다. 딸이 혼자 늙어 죽지 않을까 하는 걱정이 되셨는지 심지어 질문의 빈도도 잦아졌다. 언젠가 밝혀야 할 진실이니 이왕 이렇게 된 거 일찍 얘기해서 거짓말로 인한 피곤함이라도 줄여야겠다고 결심했다.

문제는 아빠였다. 나와 아빠는 대한민국 부녀 평균 수준의 친밀함을 지니고 있었다. 즉, 별로 친하지 않았다. 아빠는 진부한 자기소개서의 첫 줄 같은 엄격한 아버지와 다정한 어머니 사이에서 태어났다. 부산에서 태어나 초등학교, 중학교, 고등학교 그리고 대학교까지 쭉 부산에서 살았다. 넉넉하지 못한 가정형편 아래 성실히 공부해 대기업 상사에 들어갔으며, 결국 자기 사업을 시작한 자수성가형 인물이다. 듣기만 해도 보수적 가치의 수호자 향기가 물씬 풍기지 않는가? 엄마는 지금까지 아웅다웅한 정으로라도 어떻게든 되겠지만, 아빠가 딸이 동성애자라는 사실을 받아들일 가능성은 한없이 0에 가까워 보였다.

커밍아웃을 했다가 집에서 쫓겨나는 일만은 피하고 싶었다. 어릴 때 집에서 나가라는 말을 들어도 추워서 싫다고 방문을 잠그고 침대에서 농성하곤 했다. 내 집 마련의 중요성을 일찍 깨달았다. 최악의 경우 등록금은 학자금 대출을 이용하고 생활비는 지금까지 과외로 모은 돈으로 충당한다고 쳐도, 주거 해결은 긴 준비 기간이 필요한 일이었다. 만약 쫓겨나더라도 천천히 점진적으로 쫓겨나야만 했다. 가족 모두가 모여서 차분하게 얘기할 수 있는 환경이 필요했다.

내 결론은 설날, 즉 제삿날이었다. 조상님들을 추모하는 대의를 앞두고 있는 데다 큰집에 다 같이 모여 있는 환경상 나를 내쫓기에는 어려워 보였다. 괜히 큰소리를 내 할머니 할아버지가 손녀의 성 정체성을 알기라도 했다간 오히려 아빠가 불효를 저지르는 일이 될 터였다. 뜨거움으로 뜨거움을 다스리는 이열치열과 같이 보수성으로 보수성을 다스리는 전략을 택한 셈이다. 지금 돌이켜봐도 참으로 절묘한 수다.

전, 과일 등 각종 음식 준비를 마치고 목기를 반짝반짝하게 닦고 나니 어느새 잘 시간이었다. 아빠, 엄마, 나 그리고 남동생까지 가족 네 명이 한방에 모여 이불을 깔았다. 바로 지금이 얘기할 타이밍이었다. 오늘을 놓치면 추석까지 반년을 넘게 기다려야만 했다. 긴장 때문인지 전기장판 때문인지 등에 땀이 줄줄 났지만, 미래의 내가 더 편해지려면 얘기해야만 한다고 되뇌며 말을 꺼냈다.

"엄마 아빠, 나 할 말이 있어. 그런데 얘기하면 다들 좀 놀라고 싫어할 수도 있어."

"너 설마 임신했니?"

엄마가 예상 밖의 화두를 던졌다. 내 방 벽면에 붙어 있는 수많은 걸그룹 포스터와 책장을 빼곡히 채운 동성간 사랑에 대한 서적을 보고도 아무런 눈치를 채지 못한 모양이었다. 임신이라니, 내가 꺼내려는 얘기와 너무나도 먼 주제였다. 이 정도로 아무것도 모르는 걸 보면 차라리 임신인 편이 나을 수도 있겠다는 생각이 들었다. 차분하게 아니라고 정정해주며, 내가 사실 레즈비언이고 여자친구가 있다고 말했다. 짧은 정적이 흐르고 엄마가 상기된 표정으로 말을 꺼내려던 찰나, 아빠가 개입했다. 할아버지 주무시는데 큰소리 내지 말고, 일단 자자고 했다. 내 커밍아웃은 이렇게 실패로 끝날 것인가.

눈을 뜨니 부모님은 벌써 제사 준비를 하고 있었다. 내 돌발 행동은 없던 일로 끝이 난 듯했다. 내쫓지는 않았으니 그나마 다행이라고 여기던 중 아빠가 남동생을 깨우며 다 모이라고 했다. 아닌가 사실 내쫓기는 건가, 학교 주변에 월세가 40만 원이 넘으니 일단 학자금 생활비 대출을 해야 하나 따위의 생각을 하는데 아빠로부터 의외의 얘기가 나왔다. 규진이 너는 결혼할 일은 없을 테니, 그 돈으로 대신 미국 MBA를 보내주겠다는 말이었다.

지금이야 내가 이렇게 결혼을 하고 싶어 하는 사람인데 아빠가 몰라도 너무 몰랐다는 농담을 하지만, 당시에는 무척 혼란스러웠다. 아무리 해석해봐도 긍정적인 답변으로 보이는데, 이 말이 지금 부산 사나이인 우리 아빠 입에서 나온 게 정녕 맞단 말인가? 엄마처럼 연애와 결혼에 대해 끊임없이 얘기하지는 않았지만, 무뚝뚝한 성격과 보수적인 배경을 고려했을 때 당연히 내가 남자와 결혼해서 손자를 낳기를 바랄 줄 알았다. 이렇게나 쉽게 받아들이다니, 의외였다.

이후에도 아빠는 나의 성 정체성을 꾸준히 지지해주었다. 엄마가 반대로 이를 문제 삼고 나를 괴롭혔을 때도 중재자 역할을 해주었다. 절연 직전까지 간 후, 화해하는 조건으로 엄마에게 영화 세 편(주로 동성애자 자식을 수용해주지 않았더니 결국 극단적 선택을 했고 깊이 후회한다는 내용의 영화들)을 보라고 했을 때, 남동생과 함께 영화를 구해 같이 시청하기도 했다. 커밍아웃 전에 했던 걱정과 달리, 나의 가장 든든한 아군이 되어주었다.

모든 면에서 아빠가 완벽한 건 아니다. 나를 응원하지만 완전히 이해하는 것은 아니고, 가끔 부당한 주장을 하는 엄마 편을 들어주기도 한다. 하지만 나는 그게 맞다고 생각한다. 아빠는 엄마 편, 나는 와이프 편이 되어주는 것이 내가 추구하는 건강한 가족 관계다. 그리고 항상 나를 지지하는 게 아니라도, 결정적인 순간에 아빠가 나에게 힘을 실어주던 기억들이 나를 더 강하게 만들고, 힘든 일들을 이겨낼 수 있는 동력이 되어준다.

물론 나를 지지함으로써 아빠가 얻어간 이득도 적지 않다. 어색하던 부녀 관계를 하루 만에 좁혔고, 나의 충성을 한 몸에 받게 되었다. 동의하지 않더라도 아빠 말은 웬만하면 들으려고 노력했고, 문자를 보낼 때도 마음에서 우러나온 하트를 달기 시작했다. 유교적 사상이 옅어져가고 효라는 가치가 바래가는 21세기에 지지 선언 하나로 자식의 사랑을 얻다니 이 얼마나 큰 소득인가? 역시 내 영민함은 친탁했음이 분명하다.

내가 만약 자식을 낳게 된다면 어떻게 대해야 할 것인가? 잘은 모르겠지만, 아빠처럼 결정적인 순간에 자식의 손을 꼭 잡아주고 싶다.

#여러분, 규진이 여자친구 생겼대요!

다닐 회사를 선택하기 위해서는 다양한 요소를 고려해보아야 한다. 연봉 수준, 회사가 속하는 산업군, 수행하게 될 직무, 나의 성장 가능성은 물론이며 통근 거리도 의외로 무시하지 못할 중요한 부분이다. 모든 면에서 완벽한 회사는 없기에 나만의 기준을 세워 이 중 어떤 걸 포기하고 어떤 걸 취할지 전략을 세우는 단계가 필수적이다. 내 경우 일반적인 기준과는 조금 다른 평가 항목이 한 가지 더 있었다. 내가 레즈비언임을 밝혔을 때 마음 놓고 회사에 다닐 수 있을지였다.

2018년 10월에 발행한 하버드 비즈니스 리뷰 기사에 따르면, 회사에서 커밍아웃 여부는 업무 효율성 및 직장 만족도에 큰 영향을 미친다. 회사에 자신의 정체성을 공개한 퀴어는 그렇지 않은 경우보다 더 회사에 만족하고 흥미를 느끼며 자랑스럽게 여긴다. 굳이 연구를 찾아보지 않더라도 쉽게 예상할 수 있는 결과다. 관심 없는 남자 연예인에 대한 정보를 찾아보고 가상의 남자친구 신상을 만들어내는 정신력을 업무에 쏟는다면 일이 더 잘될 수밖에 없다. 지속적인 거짓말을 하는 행위는 많은 에너지가 필요하니 말이다.

감사하게도 졸업 전 인턴십 기회를 여러 번 받아 회사 분위기를 미리 익혀볼 수 있었다. 소규모 외국계 회사부터 한국 대기업까지 경험한 회사는 다양했으나 커밍아웃이 수월한 곳은 없었다. 휴학하기 위해 필사적으로 찾은 첫 번째 인턴처는 작은 외국계 미디어 회사였는데, 배정받은 팀의 사람들이 젊고 소탈하여 금세 친해졌다. 이 정도면 얘기를 해도 되겠다 싶어서 빠르게 레즈비언임을 밝혔는데, 다음 날 회사 전체에 소문이 나 있었다.

두 번째 인턴처인 중견급의 외국계 회사에서는 성실한 남자 대리님에게 일을 배우게 되었다. 성심성의껏 내 프로젝트를 봐주던 대리님은 내가 남자친구는 없고 여자친구가 있다고 얘기하자 황급히 다른 주제를 꺼냈다.

우연한 기회로 들어가게 된 국내 대기업에서는 많은 예쁨을 받았음에도 불구하고 커밍아웃할 엄두도 내지 못했다. 회식 때 어째

서인지 '회사에 게이들이 많을 텐데 커밍아웃하는 애들이 없다. 얼핏 자유로워 보이지만 대기업이라 아직 그런 분위기는 아닌 것 같다'라는 얘기가 오갔기 때문이다.

일련의 경험을 통해 회사에서는 신중히 고민해보고 정체성을 밝혀야겠다는 교훈을 얻었다. 그리고 이 교훈은 네 번째 인턴처에 들어간 당일 무용지물이 된다. 입사 첫날, 팀원들과 함께하는 점심 식사 자리에서 위기가 닥쳐왔다. 할 말이 없을 때 흔히들 그렇듯이 대화 주제가 연애로 옮겨갔고, 나는 연하 남자친구가 있다고 말했다. 당시 만나던 여자친구의 신상 중 성별만 바꿔 말하자는 전략이었다. 이렇게 되면 다음 대화 때 말실수를 할 우려도 없으며, 남자를 소개받을 일도 없으니까. 그러나 내가 간과한 부분이 있었다.

"연하 만나면 군대는 어떡해요? 남자친구 군대 다녀왔어요?"

여성이고, 여성만 사귀어온 내가 군대에 대해 뭘 알겠는가? 다녀왔다고 하거나 언제 갈지 모르겠다는 모호한 말로 넘기기에는 앞으로 너무 많은 거짓말을 해야 했다. 군 면제라고 하기에는 내가 제시한 면제 사유를 다음에 또 기억할지도 모를 일이었다. 오늘 미국 국적이었던 남자친구가 내일은 저체중이 되는 불상사는 막아야 했다.

"죄송해요. 사실 남자친구 아니고 여자친구예요."

연하 남자친구가 있어요~
그래요?
연하예요?
그럼 군대는 다녀왔어요?
어머, 그러네~
규진 씨, 남자친구가 미국인이랬지? 물어볼게 있어서~
국적이 미국이라 안 갔어요
저… 그게… 저체중이라 안 갔어요
콤플렉스가 심해서 말 안 하고 다녀요.
죄송해요;;
어머
저번에 남자친구 다이어트 한다고 하지 않았어??
맞다;; 과체중인가?
…사실은 여자친구예요

엄밀히 따지자면 죄송할 것은 없었으나, 방금 한 말을 바로 뒤집는 셈이라 민망했다. 다행히 팀원들은 이 사실을 쿨하게 받아들이며 그럼 여자친구가 연하인 건 맞느냐고 물었다. 이 부분은 자신이 있어 원활하게 대화를 이어갔다.

지난 직장에서의 경험들과는 달리, 이후 아무런 일도 일어나지 않았다. 사내에 내가 레즈비언이라는 소문이 퍼졌다는 소식을 듣지도 못했고, 다른 직원들에게 커밍아웃을 해도 대수롭지 않게 여겼다. 외국 거주 경험이 있는 사람이 많아서인지, 전체적인 연령대가 어려서인지는 모르겠지만 이미 동성애자 친구가 있는 사람도 많았다. 내가 다닐 곳은 바로 이 회사라는 신념으로 열정을 불태워 인턴 프로젝트를 마무리했고 감사하게도 정규직 전환이 되었다.

회사는 기본적으로 일을 하는 곳이지만, 동시에 깨어 있는 시간의 반 이상을 보내는 장소이기도 하여 많은 신변잡기에 대한 대화가 오간다. 팀에 내 정체성을 알리지 않았다면 이 시간 동안 많은 고민과 계산을 했겠지만, 커밍아웃을 마친 나는 홀가분했다. 여초회사의 장점을 활용하여 유용한 연애 조언도 많이 얻었다. 팀원들은 주로 나보다는 내가 사귀는 상대에 이입하곤 했는데, 서운했지만 덕분에 아주 효과적인 상담을 할 수 있었다. 나는 아직도 중요한 선택을 앞두었을 때나 선물을 고르기 전 팀원 세 명의 컨펌을 받는데, 단 한 번도 실패해본 적이 없다. 그들의 만류를 듣지 않고 마음대로 행동했을 때 후회했을 뿐이다.

입사한 지 3년이 지났을 무렵에는 팀의 대부분이 내가 동성애자임을 알고 있었다. 전부가 아닌 이유는 영업팀의 40대 이상 직원들에게 알리기가 망설여졌기 때문이다. 팀 총괄인 이사님은 워낙 사고가 유연한 편이고 외국 생활도 몇 년 해서 내 연애를 응원했지만, 그렇지 않은 다른 직원들은 나에 대해 어떻게 생각할지 두려웠다. 나는 주로 마케팅팀과 업무를 한 터라 영업팀과 접점이 많지 않은 부분도 장애물 중 하나였다. 갑자기 자리에서 일어나 내가 레즈비언이라고 외칠 수는 없는 노릇이니까.

그러던 어느 날, 이사님이 갑자기 자리에서 일어나 내가 레즈비언이라고 외쳤다. 존경하는 여성이자 상사인 이사님의 명예를 위해 잠시 해명을 해보겠다. 입사 4년 차 무렵, 나는 신입사원 때 대비 살이 많이 쪄서 의학적 비만의 단계에 돌입해 있었다. 마침 사귀던 여자친구한테 이별 통보를 받아 이를 계기로 마음을 독하게 먹고 3개월 만에 표준 체중으로 돌아왔으며 그 후 새로운 사람을 사귀었다. 이 얘기를 전해 들은 이사님은 기쁨에 겨워 방을 박차고 나와 이렇게 외쳤다.

"여러분! 규진이가 살을 이렇게 빼더니 여자친구가 생겼대요!"

우연인지 필연인지, 영업팀이 모여 회의를 하고 있던 참이었다.

그들의 눈동자가 떨리는 걸 멀리에서도 느낄 수 있었다. 그리고 이사님은 자신의 목소리가 조금 작았다고 생각했는지, 소리 높여 다시 외쳤다.

"규진이가 살도 빼고 여자친구도 생겼대요!"

생각해보니 나는 한 번도 이사님에게 내가 완전히 터놓고 사는 사람은 아니라는 얘기를 한 적이 없었다. 같이 첫 식사를 한 날부터 여자친구 얘기를 했으니 오픈리 레즈비언이라고 오해할 만했다. 목소리가 워낙 커서 사실 영업팀 사람들이 모르는 게 더 신기하긴 했다. 이사님의 외침에 잠시 당황했지만 곰곰이 생각해보니 이건 기회였다. 나이가 들수록 보수적이 되고, 보수적인 사람일수록 수직적 문화를 중시하는 경향이 있다. 그리고 지금 팀에서 제일 직위가 높은 사람인 이사님이 동성 간 연애를 축하해주고 있었다.

해당 소동이 있었던 다음 날, 옆자리의 영업팀 차장님에게 슬쩍 다가갔다. 어제 놀라셨냐고, 그래도 저한테 남자친구보다는 여자친구가 더 어울리지 않냐고 너스레를 떨며 말을 걸었다. 차장님은 내 말을 듣더니 맞다고 너는 여자친구 있는 게 어울린다고 하며 호탕하게 웃으셨다.

나는 일련의 사건을 약간의 사캐즘을 담아 "위력에 의한 강제 퀴어 프렌들리함"이라고 부른다. 물론 우리 회사 영업팀 직원들이 동 나이대 대비 열려 있기 때문에 빠르게 나를 받아들인 것이지만, 그 과정에서 보수성이 조금이나마 도움이 됐다니 참 모순적이고 유쾌하지 않을 수 없다. 요즘도 새로 입사하는 직원들에게는 이 얘기를 무용담처럼 들려주곤 한다. 나를 받아줄 직장을 탐색하며 실패를 거듭했을 때를 생각해보면 참 운이 좋았다. 회사 생활이 항상 즐겁지만은 않아도 매일 흔쾌히 출근하고 퇴근할 수 있는 나만의 동력이다.

+ 혹시 인사팀에서 이 글을 읽고 있다면 이 챕터를 통해 회사 이미지 제고에 기여한 바를 십분 고려하여, 책 집필이라는 사외 활동을 한 것을 참작해주기 바란다.

#인상적인 커밍아웃 TOP 5

나는 수많은 90년대생 어린이들처럼 어릴 적 해리포터에 심취해 있었다. 밤을 새워가며 읽던 시리즈의 두 번째 책『해리포터와 비밀의 방』에서는 궁금증을 자아내는 대목이 있었는데, 바로 버논 이모부가 해리가 시끄럽게 굴어서 자신의 농담의 중요한 부분을 망쳤다고 화내는 장면이었다. 대체 어른들에게 농담이 무엇이길래 저리 성질을 내는 것인가. 낙엽이 구르는 것만 봐도 즐겁던 어린 나로서는 도무지 알 길이 없었다.

어른이 되어보니, 유머의 중요성을 알게 되었다. 친구들과 술자리가 무르익다 보면 어느새 누가 더 웃긴 얘기를 하는지 겨루는 경우가 한두 번이 아니었다. 유머는 매력이자 권력이었다. 이런 경쟁적인 웃음 지향적 환경에서 나의 소수자성은 큰 무기가 되었다. 웃긴 커밍아웃 이야기 하나만 꺼내도 중간은 갔으니까. 그 커밍아웃의 당사자가 해당 모임의 일원이라면? 이건 끝난 게임이었다. 타고나길 재치가 넘치는 편이 아닌 나를 웃김 경쟁에서 살아남게 해준 이 이야기들을 이제 보다 많은 사람들에게 공유하고자 한다. 내 얘기만 쓰면 불공평하니, 상대방의 회고와 함께.

남동생, "김규진 무성애자인 줄" 파문

모름지기 커밍아웃은 밥 먹을 때 하는 게 최고다. 사람이라면 공복 상태보다는 식사할 때 더 포용적이니 말을 하는 사람은 잘 받아들여질 확률이 높아지고, 얘기를 듣는 사람 입장에서도 먹느라 말을 하지 못하는 척하면서 생각할 시간을 벌 수 있다. 이 이론에 따라, 나는 남동생한테 커밍아웃할 적기로 라면 먹을 때를 선택했다.

"야."

"왜."

"나 레즈비언이야. 여자 좋아해."

"응? 누나 무성애자 아니었어?"

동생은 단 1초의 공백도 없이 의외의 말을 던졌다. 당시에는 너무 황당해서 "아니야 인마, 나 여자친구도 있어"라고 대화를 마무리 지었으나, 시간이 지날수록 남동생의 저의가 궁금해졌다. 대체 나같이 유성애적인 사람을 왜 무성애자라고 생각했을까? 물론 대놓고 연애를 한 적은 없었지만, 일반적인 한국 남자애라면 불쌍한 누나가 모태솔로구나 정도의 반응을 보일 텐데. 당사자에게 문의해보았다.

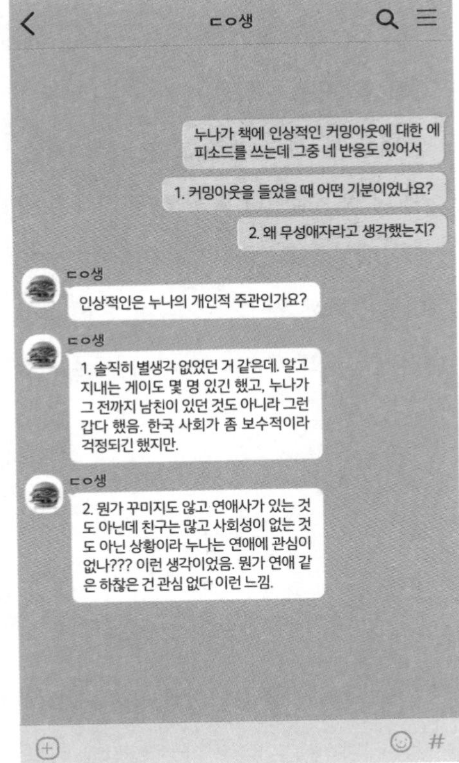

이 녀석
편견이 가득하군.

역시 가족이라도 서로에 대해 잘 아는 건 아니다. 연애 같은 하찮은 건 관심이 없다니, 나는 저런 말을 한 적이 없다. 아이돌 그룹과 애니메이션에 평균 이상으로 관심이 많고 연애에 평균 이하로 관심이 있기는 했지만 말이다. 혹시 동생 본인이 무성애자인가 추측했었는데, 그건 아닌가 보다. 엄마가 두 번 실망하지는 않게 되었다.

같은 동아리 언니, "맞혔다!"며 기뻐해

대학교 3학년 때, 같은 학회 언니에게 고깃집에서 삼겹살을 먹다 내 정체성을 밝혔다. 커밍아웃은 밥 먹을 때 한다는 원칙은 이때도 잘 지켜졌다. 얘기를 들은 언니는 활짝 웃더니 이내 이렇게 외쳤다.

"맞혔다!"

기억이 왜곡되었을 수 있겠지만 박수도 같이 쳤던 것 같다. 말을 꺼낼 생각에 식당에 들어서면서부터 긴장했던 게 무색해지는 순간이었다.

레즈비언 커뮤니티에서는 '티 난다'라는 단어가 한눈에 봐도 레즈비언임이 명백하다는 의미로 자주 사용되었다. 나는 한 번도 나 자신이 티 난다고 생각해본 적이 없어(레즈비언들의 흔한 자기 객관화 실패 사례) 동아리 언니의 반응이 의아했다. 같은 동성애자라면 몰라도, 이성애자 여자가 만난 지 한 달 반 만에 알아챌 줄이야! 언니의 관찰력이 남달랐던 걸까?

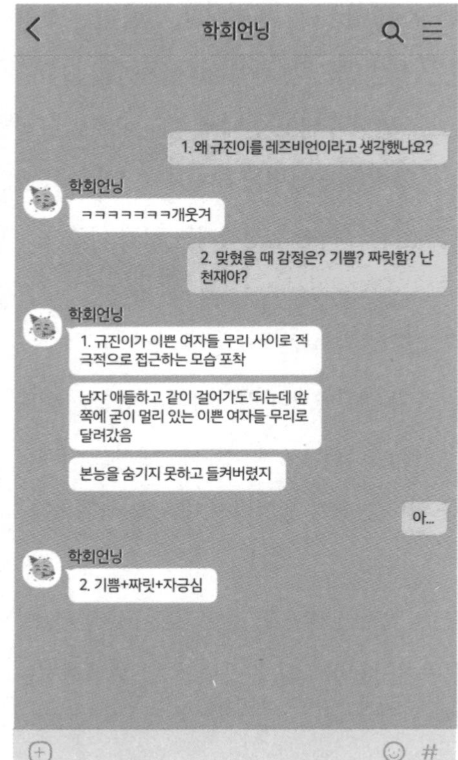

와이프님 오해입니다.

흔히 사람의 겉모습이나 하는 말은 속일 수 있어도 행동만큼은 어렵다고 한다. 토크쇼보다는 관찰 예능이 조금 더 날것으로 비치는 것처럼. 정체성을 드러내고 싶지 않은 동성애자라면, 좋아하는 남자 스타일을 줄줄 외우기보다는 혹시 걸그룹을 볼 때 너무 함박 미소를 짓고 있지는 않은지 점검해보도록 하자.

축구부 오빠, "중학교 동창 중 있었다"며 소개팅 주선 노력

흔히 보수적인 사고관을 가진 사람들은 동성애를 잘 수용하지 못하리라 생각한다. 그러나 이는 사람의 보수성을 너무 단편적으로 바라본 시각이다. 보수적인 가치 중 물론 남녀간의 사랑과 정상 가족의 유지가 있겠지만 한편으로는 우정, 의리, 그리고 집단주의적 사고 등도 있다. 따라서 동성애자에게 호의적인 환경을 미리 조성해놓았다면 보수적인 사람들도 기꺼이 이해하고 받아들일 수 있다.

같은 학회에 한문학과 출신의 축구부 오빠가 있었는데, 왠지 보수적일 것 같다는 편견을 귀납적으로 증명하는 사람이었다. 약 반년의 시간에 걸쳐 이 오빠를 제외한 모든 학회원에게 커밍아웃을 마쳤고, 나는 이제 때가 되었음을 느꼈다. 다 같이 잔디밭에서 짜장면을 먹던 어느 날 조심스레 운을 띄웠다.

"오빠, 나는 언제 여자 소개해줄 거야? 나 레즈비언임."

주변의 학회원들도 동참하여 맞다, 규진이도 얼른 소개해주라며 부추겼고, 한참을 당황해하던 축구부 오빠는 알겠다고 생각해보니 자기 중학교 때 반에 한 명 있었다고 대답했다. 커밍아웃 첫날에 중학교 인맥까지 동원해서 소개팅해주려 하다니, 진한 우정에 눈물이 차올랐다.

이후 몇 달간을 내 눈도 못 마주치던 그도 어느새 성장하여 나와 제법 긴 대화도 소화할 수 있게 되었다. 우리 커플의 청첩장 모임 때 와이프에게 질문도 몇 개 던지는 모습을 보여 나는 크게 감동하였다. 지금의 축구부 오빠가 과거로 돌아간다면 어떤 반응을 할지 궁금해져 이를 직접 문의해보았다.

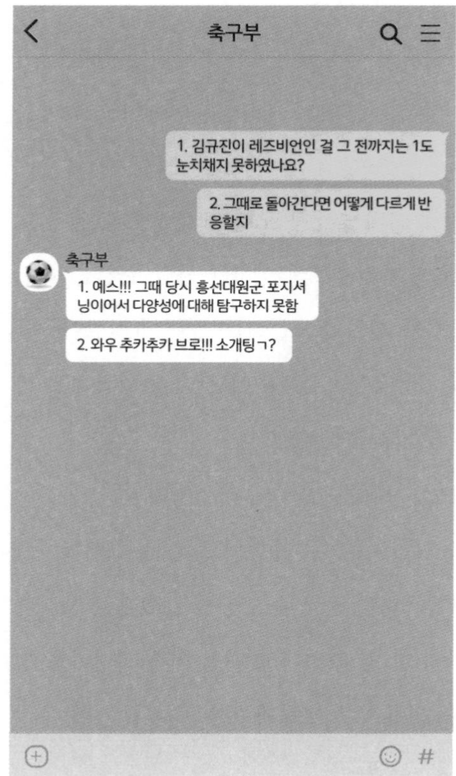

나도
한 흥선대원군 하는데.

조금 더 빨리 얘기했더라면 흔치 않은 레즈비언 소개팅을 주선 받을 수 있었을 텐데, 참 아쉽다. 물론 당시의 김규진이 참 아쉬워 하겠다는 말이지 지금 아쉽다는 이야기가 아님을 확실히 해둔다.

퍼스널 트레이너, "와이프가 귀여운 남자친구 애칭인 줄" 오해

시간이 흘러 20대 후반이 된 나는 낯이 제법 두꺼워져 처음 보는 사람에게도 레즈비언임을 밝히곤 했다. 이 기세로 가다 보면 언젠가는 "안녕하세요, 레즈비언입니다!" 하고 인사를 건넬지도 모른다. 뉴욕에서 혼인신고를 마치고 결혼식에 만전을 기하기 위해 피트니스 센터의 개인 레슨 등록을 했는데, 담당 트레이너에게도 만난 첫날부터 와이프 얘기를 했다. 전혀 당황하지 않고 대화를 받아주는 자세에 역시 프로페셔널은 다르다며 감탄했는데, 일주일이 지난 시점에 밝혀진 진실은 다음과 같다.

"저는 와이프라고 하셔서 아주 귀여운 남자친구의 애칭이라고 생각했어요."

생각지도 못한 신선한 발상에 깜짝 놀랐다. 와이프라는 애칭을 지닌 아주 귀여운 남자친구라니, 이성애를 멀리하는 입장에서 정말이지 아찔한 가설이었다. 왜 이런 생각을 했는지 물어보았다.

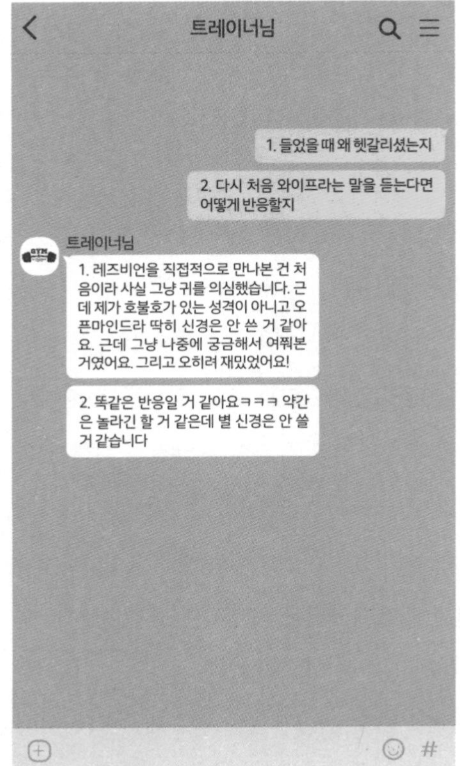

근손실이 중요하지,
정체성은 중요하지 않다.

아무리 놀라도 그렇지 와이프라는 호칭의 귀여운 남자친구라니……. 이성애자들의 상상력에 매번 감탄하게 된다. 하긴, 제주도에서 스냅 촬영을 위해 드레스를 입고 뽀뽀하던 나와 와이프를 보고 쇼핑몰 모델이라는 결론을 낸 운전기사분을 생각하면 이 정도는 아주 무난한 편이다.

어제 회원님
기사를 봤어요.
아,
보셨어요?

댓글들이 진짜
말도 안 되더라고요.
그럼요!

진짜 제가
어이가 없어서!!
어휴!
왜들 그러는
거예요

회원님…

역시 정체성보다 근손실.
무게
올려보죠.
해봅시다!

직장 동료, 결혼식 사진 보고 "이 여자분은 누구예요?" 질문해

결혼식 직후, 옆 부서에 새로운 매니저가 입사했다. 함께 업무를 할 일이 많은 부서라 친목 차원에서 다 같이 점심을 먹으러 갔는데 식당 줄이 너무 긴 게 아닌가. 마침 여유로운 날이라 대기를 하며 이런저런 얘기를 하는데, 결혼에 대한 주제가 나와서 자랑할 겸 핸드폰을 꺼내 결혼식 사진을 보여줬다. 반지 교환을 위해 좌측에는 내가, 우측에는 언니가 드레스를 입고 서로를 향해 촉촉한 눈빛을 보내는 사진이었다. 흥미롭게 사진을 보던 매니저는 오른쪽에 계신 여자분은 누구냐고 물었다.

그의 입장에서 여러 가지 가설을 세웠을 수 있다. 하나, 이 직원은 합동결혼식을 하는 마이너한 종교를 믿고 있으며 이 사진은 그 의식의 일부분이다. 둘, 요즘 한국에서 유행하는 우정 사진인데 내가 외국에서 일을 오래 해서 미처 파악하지 못했다. 셋, 이 직원은 레즈비언이고 한국에서 동성 결혼식을 올렸다. 내가 생각해봐도 셋 다 가능성이 희박하다. 굳이 따지자면 첫 번째가 가장 그럴싸했다.

정답을 공개하니 매니저는 "헐 대박!"이라는 말로 놀람의 정도를 표현했다. 그 뒤에는 한국에서도 동성 결혼식을 하는 줄 몰랐다, 사진 혹시 더 봐도 되냐고 식당에 들어가기 전까지 대화를 이어나갔다. 책에 실을 겸 이 사건에 대해 한번 물어보았는데, 내가 레즈비언인 줄 전혀 눈치를 못 챘다고 한다. 막 신혼여행을 하고 온 참이라 거의 무지개 깃발을 흔들고 다닐 시기였는데! 앞으로는 새로 입사하는 직원들이 놀라지 않도록 주 1회 무지개색 옷을 입고 출근하리라 결심한다.

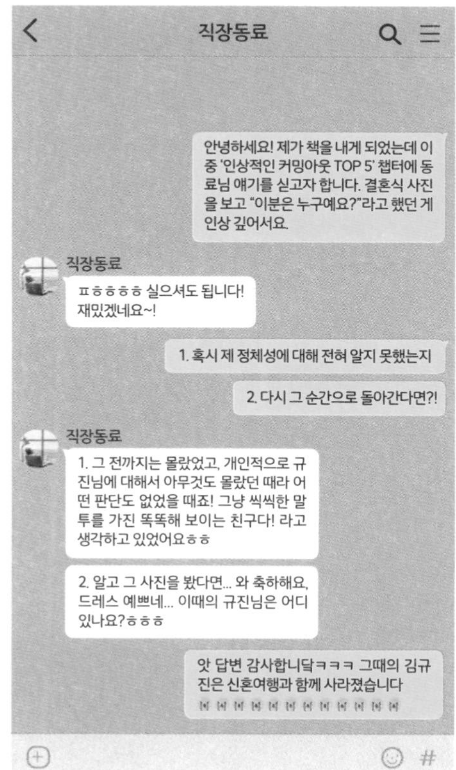

결혼식 전에는
주 4회 운동을 했다.
지금은…….

긴장되고 해치워버리고 싶은 행위였던 커밍아웃이 어느새 나에게 하나의 즐거운 이벤트가 되었다. 누군가와 본격적으로 친해지기 전에 거치는 의식이자, 나름 친근함의 표시다. 10년 전보다는 5년 전, 그리고 5년 전보다는 지금, 커밍아웃했을 때 점점 덜 놀라워하고 빠르게 받아들이는 사람들을 보면 미래에 대한 기대가 생기기도 한다. 할머니가 됐을 때쯤에는 내가 레즈비언이라고 하면 "그래서요?"라는 퉁명스러운 답을 받게 되지 않을까? 술자리에 풀 새로운 이야깃거리들을 생각해내느라 고생하겠지만, 마음은 더없이 즐거울 것이다.

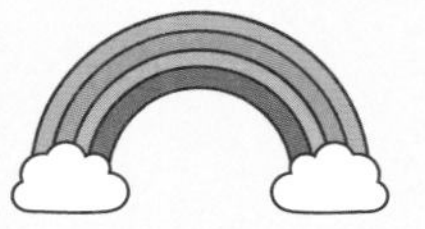

2

★

우린 오늘 결혼하지만 혼인신고는 거절당할 거야

#결혼이라는 야망

요새 한국에서 결혼은 영 인기가 없다. 연간 내는 축의금 총액을 생각해보면 과연 그럴까 의구심이 들기도 하지만, 사실이 그렇다. 2018년 기준 미혼 인구의 30.2%*만이 결혼을 해야 한다고 느끼고 있고, 이는 2010년의 55.6%** 대비 거의 절반 수준이다. 반토막이라니! 이게 내 담당 제품에 대한 긍정 인식률이라고 생각하면 등에 식은땀이 날 수치다. 굳이 통계를 들여다보지 않더라도, 30세인 내 주변만 보아도 비혼 실버타운 설립에 대한 꿈을 불태우는 친구가 한둘이 아니다. 주거 불안 때문이든 가부장제 탈피

* 통계청, 2018년 사회조사(가족, 교육, 보건, 안전, 환경).
** 통계청, 2010년 사회조사(가족, 교육, 보건, 안전, 환경).

때문이든 간에, 환웅과 웅녀 이래 한반도를 지배하던 계약 형태가 절멸의 위기를 맞이하고 있다.

이렇듯 변화하는 세상에 남은 마지막 혼인 수호자들은 바로 동성애자들이다. 미혼으로 남을 완벽한 핑계를 버리고 한 사람과 살고 싶어 하다니, 세간이 생각하는 문란한 이미지와는 조금 괴리가 있다. 적어도 내 주변의 동성애자들은 변화하는 시대상을 따라가지 못하고 결혼에 집착했다. 아이돌 팬 활동을 같이했던 언니 A는 10년 넘게 사귄 여자친구를 와이프라고 부르곤 했다. 같이 살지도, 혼인신고를 하지도 않았지만, 서로를 인생의 동반자라고 합의했다 한다. 성소수자 동아리 언니 B는 여자친구와 함께 뉴질랜드로의 이민을 준비하고 있었다. 법적으로 혼인이 가능한 나라로 아주 가버리겠다는 것이다. 각자 지닌 결혼의 정의는 조금씩 달랐지만, 국가에서는 허가해주지 않고 이성애자들 사이에서는 시들해진 유행을 굳이 나서서 꾸역꾸역 답습하고 있었다.

언니 A, B 외에도 결혼에 대한 열망을 불태우는 동성애자 친구들은 무궁무진했다. 내가 웨딩 업계 종사자라면 지금부터라도 다가올 동성혼 법제화 시대를 대비할 것이다. 소비자가 줄어들 요인밖에 없는 상황에 마지막 남은 성장 동력이 아닌가? 동성간 혼인이 법적으로 가능해지는 그 순간, 동성애자 커플들이 무지개 통장을 흔들고 내 돈을 가져가라 외치며 웨딩플래너를 찾을 것이다.

지금껏 부처의 마음으로 냈던 축의금을 회수해야 하지 않겠는가.

마치 나와 관계없는 주변의 안타까운 풍조처럼 묘사하고 있지만 나 역시 어릴 적부터 결혼을 꿈꾸어왔다. 지금 생각해보면 참 끔찍한 일이지만 누구와 사귀게 되면 "얘랑 결혼해야지" 하고 다짐하였고, 헤어지게 되면 이내 "얘랑은 결혼 못 하겠다"며 관계를 정리했다. 이별을 통보받는 상황에서도 어차피 이 친구와는 부부의 연은 아니었다고 생각하면 마음 정리가 잘되곤 했다. 그렇다고 이에 대해 깊은 고민을 해본 것은 아니었다. 막연히 연애와는 달리 헤어지지 않아도 되지 않을까 하는 순진한 기대를 하는 정도. 당시에는 아는 동성애자 부부도 없었을뿐더러, 선례도 없고 제도화되지도 않은 일을 구체적으로 상상해내기란 쉽지 않으니 말이다. 그런데도 왜 나는 결혼을 하고 싶었던 걸까?

인터뷰에서 왜 결혼을 하고 싶은지 묻는다면 혜택과 권리에 대한 얘기를 하겠다. 주택 청약 시 신혼부부 특별 공급 등 결혼으로 얻을 수 있는 여러 가지 이득이 있는데, 동성애자들은 누려볼 기회조차 주어지지 않았다. 같이 살며 서로의 재산 형성에 기여해도 혈연이 아닌 이상 상속 순위에서 저 멀리 밀릴 수밖에 없다. 아, 응급 수술 등 위급한 상황에서 동성 배우자의 보호자 역할을 해줄 수 없다는 얘기를 추가해서 독자의 마음을 촉촉하게 적셔도 보겠다. 헌법에는 행복추구권이 명시되어 있는데, 만약 결혼이 정부에서 장려할 정도로 행복한 계약이라면 동성애자가 결혼을 하지 못하는 것은 기본 권리를 침해받는 것이다. 성실한 납세자 입장에서 좌절스러운 일이 아닐 수 없다. 하지만 사람 대 사람으로 이유를 묻는다면 조금 더 개인적이고 비논리적인 얘기를 하겠다.

친구의 결혼식에 갈 때마다 양가감정을 느꼈다. 내가 아끼는 사람이 함께하고 싶은 이를 만나 부부의 연을 맺게 되었다니 기쁘고 축하해줄 일이다. 혹여 돌려받지 못하더라도 우리의 우정을 생각했을 때 축의금이 아깝지 않다. 하지만 결혼식장의 그 들뜬 분위기, 양가 부모님이 덕담하는 모습, 긴장감과 설렘이 반반인 신랑 신부의 표정 등을 보다 보면 못난 마음이 스멀스멀 올라왔다. 이 행복한 광경이 나와는 너무 먼일인 것만 같은 박탈감, 그리고 누군가를 순수하게 축하해주어야 하는 자리에서 이런 생각을 했다는 죄책감. 그래도 혹시 모를 미래를 대비하여 뷔페가 맛있는 식장을 기억해두긴 했지만.

결혼을 택하는 목적이 순전히 경제공동체를 이루거나 보호자가 필요해서라면, 완전히는 아니라도 어느 정도 이를 충족할 방법들이 있다. 성년후견제도나 신탁을 활용할 수도 있으며, 극단적인 경우에는 한쪽을 입양하면 해결될 문제가 많다. 하지만 나는 내 배우자에게 "나의 성년후견인이 되어줘" 혹은 "나를 입양해줘"가 아닌 "나와 결혼해줘"라고 말하고 싶다. 다들 거추장스럽다는 웨딩드레스를 입고 결혼식도 하고 싶고, 그동안 야금야금 낸 축의금도 사실은 좀 거둬들이고 싶다. 요즘 같은 세상에 너무 급진적이면서도 또 너무 보수적인 동성애자로 자라버렸다.

몇 년 전 영국에 출장을 갔을 때, 히스로 공항 입국 게이트에서 한 광고가 눈에 띄었다. 벽면을 가득 채운 한 은행의 포스터였다. 노인이 정원에서 손자와 산책하는 장면, 한 아이가 귀여운 고양이와 노는 장면 등 일상적 풍경이 나열된 뒤 마지막으로 레즈비언 커플의 결혼식 장면 위에 이런 글귀가 적혀 있었다.

"이것은 인간의 야망에 대한 이야기다(This is the story of human ambition)."

상투적인 감성의 제작물이었다. 일상적인 행복이 사람에게 얼마나 중요한지 환기하며 생활 밀착적인 이미지를 가져가려는 것이겠지. 그러나 나는 이 글귀를 한참 동안 바라보았다. 그리고 핸드폰을 꺼내 친구에게 연락했다. 정말로 그렇다고, 결혼은 나에게 야망이라고.

……가 아니고

……도 아니고

……라고 말하고 싶다.

#연하는 직진이지!

결혼을 항상 하고는 싶었지만, 그럴 만한 사람을 찾을 수 있을지와 함께하는 생활이 오랫동안 행복할 수 있을지에 대해서는 다소 회의적인 편이었다. 미디어에 비친 기혼자들은 싱글일 때가 행복했다는 소리를 해댔고, 학교 커뮤니티에는 하루가 멀다고 배우자를 의심하는 글이 올라왔다. 아직 나이가 어린 편이라 주변에 결혼한 친구들도 거의 없어 참고할 만한 성공 사례 역시 없었다. 부모님 세대의 결혼은 내가 원하는 그것과는 성질이 조금 달랐고.

신입사원 때 만난 대리님이 이런 생각을 깨주었다. 스물일곱 살이라는 어린 나이에 결혼하여 당시 혼인 5년 차에 접어들던 그는 항상 자신이 결혼을 정말 잘했으며, 시댁에 가서 노는 게 너무 재

있다고 얘기하곤 했다. 이렇게 진심을 담아 배우자에 대해 확신을 표현하는 사람은 처음이었다. 항상 일을 야무지게 해내는 데다 여성 인권에도 관심이 많은 분이라 더욱 궁금해졌다. 그런 사람을 만나면 느낌이 오느냐고 물었더니, 자신은 항상 죽니 사니 하는 다사다난한 연애를 했는데 지금 남편은 소개팅한 첫 순간부터 편안했고 '아 결혼을 한다면 이 사람이랑 하겠구나' 싶은 마음이 들었다고 했다. 사후확신 편향이 아닌가 하는 의심이 들었지만, 만약 진짜라면 너무나 부럽다고 생각했다.

안타깝게도 나는 그런 사람을 만나지 못했고, 몇 차례의 결별 끝에 내린 결론은 최대한 비슷한 결의 사람을 만나보자는 거였다. 성장 과정이나 가정환경, 가치관 등이 유사하여 서로를 받아들이는 과정이 너무 지난하지 않은 그런 사람 말이다. 친구들은 돌아보면 대부분 이 조건에 부합했다. 따라서 단시간 안에 친해졌으며, 오랫동안 우정을 유지하는 데 큰 어려움이 없었다. 갈등도 거의 일어나지 않았다. 이를 미루어봤을 때 만약 나와 비슷한 사람을 찾는다면 설레면서도 편안한, 마치 대리님 부부 같은 그런 연애를 할 수 있지 않을까 기대를 했다.

나와 와이프가 어떻게 만났냐고 물어보는 사람들에게 들려줄 근사한 이야기가 있었으면 좋겠다. 비 오는 버스 정류장에서 곤란해하는 와이프에게 우산을 씌워주었다든지, 도서관에 한 권 남은 책을 동시에 집었다든지 그런 이야기 말이다. 하다못해 같은 북클럽 회원이었는데 독서 취향이 참 잘 맞아서 친해졌다 정도는 되었으면 좋겠다. 하지만 우리 레즈비언들은 서로의 정체를 알아볼 수 없고, 자연스레 온라인 만남이 주가 된다. 같은 팀 상사를 꼬시는 능수능란한 레즈비언 친구도 있긴 하지만 안타깝게도 나는 그렇게 대단한 인물은 아니다. 요는, 나와 와이프는 온라인에서 만났다는 거다.

가입한 레즈비언 커뮤니티에 만남 글을 올려보기로 했다. 만남 글이라고 하니 다소 추잡해 보이는데, 이성애자들이 학교 커뮤니티나 직장인 커뮤니티에서 많이들 하는 셀프 소개팅이랑 같은 개념이라고 보면 된다. 살짝 다른 점이 있다면 정보가 극히 제한적이며 조건을 따지면 비판받는 분위기라는 것 정도? 공교롭게도 내가 생각하는 '비슷한 결'에는 소위 '조건'에 해당하는 부분들도 포함되어 있었다. 장기적 관계를 맺을 사람을 "스물여덟 살, 서울에서 주중에 일하는 단발 직장인. 흰 피부에 고양이상의 연하 있으면 말 걸어" 같은 식으로 찾고 싶진 않았다. 하지만 구태여 비판을 받을 것도 없으니 열심히 머리를 굴려 교묘한 소개 글을 써보았다.

안녕하세요, 저는 서울에 사는 스물여덟 살 회사원입니다. 친구를 사귀어도 비슷한 사람을 찾는데, 많은 시간을 보낼 연인은 더욱 공통점이 중요하다는 생각이 들었어요. 다음은 저에 대한 몇 가지 설명인데, 비슷하다는 생각이 드는 직장인이 있다면 한번 만나봐요!

- 학창 시절 공부를 열심히 함
- 커리어 관리에 욕심이 있음
- 해외 거주 경험이 있음
- 스스로를 페미니스트라고 생각함
- 자신의 외모를 좋아함

좋아, 너무 속물적으로 보이지는 않으면서도 나랑 성장 과정과 가치관이 비슷할 법한 사람을 만날 수 있겠다! 물론 낭만이라고는 1mg도 없는 글이다. 하지만 이성애자들은 소개팅할 때 사진, 출신 대학, 현재 직업, 심지어는 친구들 사이 평판까지 다 보지 않나? 동성애자라고 해서 이런 욕망이 없지는 않다.

생각보다 빠르게 댓글이 달렸다.

"안녕! 나는 30대 직장인인데 위 내용에 다 맞아! 나랑 만나볼래?"

반 이상만 맞는 사람을 만나도 좋겠다고 생각했는데, 다 맞아떨어지는 사람을 이렇게 쉽게 찾다니 의외였다. 하긴 회사 동료 중 절반은 저기에 부합하는데, 그렇게 까다로운 조건은 아니었다.

우리는 당시 공전의 히트를 기록하던 드라마 「스카이캐슬」 얘기를 하며 급격히 친해졌고 일주일 뒤 만나기로 약속을 잡았다. 둘 다 욕심 많고 엄격한 엄마 밑에서 사교육으로 점철된 학창 시절을 보냈기에, 비슷한 환경에서 자라나는 주인공들의 얘기에 깊이 몰입할 수 있었다. 왠지 느낌이 좋았다. 혹시 연애 감정으로 발전하지 않더라도 아주 좋은 친구가 될 수 있을 것 같았다. 레즈비언 세계에서는 친구도 귀하니 이래도 저래도 좋은 일이었다.

우려와 달리, 나는 언니에게 빠른 호감을 느꼈다. 모범생 같은 외모에 차분한 말투로 이상한 소리를 해대는 게 너무나도 매력적이었다. 언니의 명예를 위해 비유적으로 설명하자면, 나영석 예능이 아닌 SNL이나 라디오스타 계열의 유머 감각을 지닌 사람이었다. 정제된 사캐즘을 사랑하는 내 마음에 쏙 들었다. 커리어가 뛰어난 점도 멋졌다. 안 그래도 재미있고 예쁘다고 생각했는데, 담당하는 업무에 대한 설명을 듣고 나니 급기야 우주 미인으로 보이기 시작했다.

"부장님, 제가 이런 분께 무슨 추가 가치를 전달할 수 있을까요?"

문제라면, 언니에 비해 내가 너무나도 미약한 존재인 점이었다.

소득도 적어, 학벌도 부족해, 외모가 대단히 훌륭하지도 않아, 심지어 인성도 더 못된 것 같았다. 나는 나를 사랑하지만, 부족한 건 부족한 거였다. 내 얘기를 찬찬히 듣던 부장님은 다음과 같은 의견을 제시했다.

"무슨 소리예요, 규진, 많은 가치를 전달할 수 있죠. 언니 말 잘 듣기, 귀여움을 갈고닦기, 긍정적으로 말하기, 약속에 늦지 않기?"

존경하는 현명한 부장님의 고견을 해석해보자면 즉 괜히 열등감을 표출하지 말고, 있는 그대로의 내 매력과 올바른 태도로 승부하라는 얘기 같았다. 하긴, 언니가 소득이 높은 사람을 만나고 싶었다면 내 데이트 신청을 거절했겠지. 나의 높은 자존감과 거부할 수 없는 귀여움에 빠졌나 보다. 그래, 연하는 직진이지!

"언니, 두 번 봐서 좋으니까 세 번 봐도 또 좋을 거예요. 그러니까 그냥 나랑 만나요. 다른 사람들을 만나봐도 내가 제일 괜찮을걸요?"

자기최면을 너무 열심히 했나? 준비했던 것보다 더 박력 있게 고백을 해버렸다. 다행히도 언니는 내 제안을 흔쾌히 받아들였고, 우리는 정식으로 사귀게 되었다.

지금까지 내 연애 초반은 설렘과 갈등으로 요약되었다. 아직 잘 알지 못하는 사이기 때문에 알아가는 설렘이 있지만, 반대로 그렇기 때문에 발생하는 여러 충돌이 있다. 연락 방식이 맞지 않아 오해가 생기기도 하고, 말다툼을 풀어나가는 방법이 달라 갈등이 깊어지기도 한다. 낯선 사람 둘이 급격히 많은 시간을 함께 보내다 보니 맞춰나가면서 생기는 자연스러운 일이라 여겼는데, 이번 연애는 무언가 달랐다.

친구들과 함께하는 집들이 자리에 언니를 초대하면서, 다른 점의 정체를 어렴풋이 알게 되었다. 이전까지의 연애는 나도, 상대방도 서로 친구들을 소개하거나 함께 모임을 하지 않았다. 하지만 언니는 연애 초반에 자신의 친구 모임에 나를 불렀다. 긴장됐지만 여자친구로서 정식으로 인정받은 느낌이 들어 뿌듯했고, 막상 가보니 언니 친구들이 모두 좋은 사람이라 유쾌한 시간을 보냈다. 이 경험에 대해 보답을 하고 싶어, 집들이를 겸하여 친구들과 언니를 한 번에 우리 집으로 초대했다. 다들 원래 알던 사람들인 것처럼 열심히 수다를 떨었고, 밤이 늦어서야 자리를 파했다. 집을 정리하다 핸드폰을 보니 친구로부터 이런 메시지가 와 있었다.

"규진이랑 여자친구랑 둘이 편안하게 잘 어울려서 보기 좋더라."

언니를 보면 설레었다. 핸드폰 알림이 울리면 언니일까 기대가 됐고, 보고 싶어서 얼른 주말이 오기를 기다렸다. 하지만 동시에 편안했다. 이전 연애와는 달리 트러블이 없는 안온한 날들만이 지나갔다. 내가 이 말을 꺼내니 언니도 사실 같은 생각을 하고 있었다고 했다. 연애할 때 많이 싸우는 편은 아니지만, 갈등 소지를 참고 넘어가서 그랬을 뿐인데 이번에는 억지로 참을 일이 전혀 없다고 했다. 하지만 수십 년간 다른 인생을 살던 사람들이 만났는데 갈등 요소가 없을 리 만무했다. 합의하에 서로에게 신경 쓰이는 점을 찾으면 알려주기로 했다. 늦게 알게 되는 것보다는 미리 알아 예방책을 마련하는 쪽을 둘 다 선호하기 때문이었다. 치열한 탐색 끝에, 우리는 서로에게 거슬리는 점을 찾는 데 실패했다.

겨울의 끝자락이 된 어느 날, 마트에서 혼자 장을 보다 문득 '이번 달은 참 행복했네!'라는 생각이 들었다. 곱씹어보니 참 생소한 문장이었다. 내 삶은 원래 대체적으로 행복한 편이었다. 좋은 일도 꽤 자주 있었고, 어떤 사건을 돌이켜봤을 때 참 즐거웠다는 생각도 종종 했다. 하지만 길을 걷다 갑자기, 행복을 이토록 명확하게 인지한 건 처음이었다. 최근에 만난 설레면서도 편안한 어떤 사람 덕분에 생긴 변화였다. 나는 이 사람과 아주 오랜 시간을 함께할 거라는 확신이 들었다. 그때, 신입사원 시절 만났던 대리님의 말이 떠올랐다. 남편을 만났을 때 '아 결혼을 한다면 이 사람이랑 하겠구나' 하는 생각이 들었다던 그 말.

하지만 문제가 있었다. 이 모든 건 나만의 생각일 수도 있다는 문제!

#언니, 나랑 결혼할래요?

“규진아, 나는 네가 나랑 어디까지 가고 싶은지 모르겠어.”

주말에 친한 레즈비언 커플의 집에 초대받아 고양이들과 실컷 놀아주고 돌아가는 길에 언니가 말했다. 그 커플은 곧 결혼식을 앞두고 있었고, 언니는 둘이 참 보기 좋다고 나에게 몇 번이나 얘기한 참이었다. 내 인생을 결정할 수도 있는 중요한 한마디라는 직감이 들었지만 당황해서 그만 대답할 타이밍을 놓쳐버렸다. 지금쯤 나를 비난하고 있을 사람들에게 조금 변명을 해보자면, 언니는 나에게 결혼에 대한 의사를 비친 적이 한 번도 없었다. 오히려 내가 언젠가는 결혼을 하고 싶다고 이야기했을 때, 자신은 전에 만나던 사람들이 사귄 지 한 달 만에 결혼하자고 했는데 그게 참

가벼워 보였다는 말을 들려주었을 뿐이다. 그래서 나한테는 언니가 한 말의 의도를 정확히 해석하기 위한 시간이 필요했다.

내가 다니는 회사는 여성 직원 비율이 절반을 훌쩍 넘는 곳인데, 같은 팀의 선배들은 항상 나에게 적절한 연애 조언을 해주곤 했다. 나는 이 천혜의 환경을 이용하여 중요한 연애적 결정 전에 팀원 셋의 검토를 받았는데, 이번에도 직장 찬스를 활용하기로 했다. 주말에 일어난 일을 설명해주고 언니의 의도가 무엇인지, 그리고 내가 어떤 행동을 해야 할지 물어보았는데 팀원 모두의 결론이 같았다. 첫째, 당연히 결혼하자는 얘기인데 이걸 바로 알아듣지 못하다니 믿을 수 없다. 둘째, 대답할 타이밍을 놓쳤다니 너는 아주 큰일이 났다. 듣고 보니 정말 그랬다. 큰일이 났다.

결혼 뒤, 어떻게 서로에게 확신을 가지게 됐냐는 질문을 여러 번 들었는데 그때마다 내 대답은 확신 이전에 고민 자체를 해본 적이 없다는 것이었다. 유일한 고민은 이 망해버린 상황을 어떻게 만회할지였다. 나는 이 시점에 이미 언니와 미래를 함께하고 싶었다. 그냥 걷다가도 요즘 참 행복하다는 생각이 들게 하는 사람이고, 아무리 해도 거슬리는 점을 찾을 수 없을 정도로 잘 맞았다. 아주 오랜 시간 같이 지낼 것이라는 생각이 들게 하는 사람이었다. 단지 서로가 같은 마음인지를 모르는 상황이었는데, 이걸 알아냄과 동시에 삐끗해버렸다. 놓친 고객의 마음을 되찾아올 획기적인 마케팅 계획을 세워야만 했다.

내가 다다른 결론은 프러포즈였다. 나의 의사를 명확하게 표현하면서도, 준비하기 위해 시간이 필요했다는 변명을 할 수 있을 터였다. 다만 내 프러포즈가 언니의 말에 등 떠밀려 어쩔 수 없이 하는 행동이나, 단순히 "사랑해"의 대체어로 들리지 않기를 바랐다. 언니에게 한 달 만에 결혼하자고 한 수많은 사람들 중 하나로 보이고 싶지 않았다. 내 얘기가 진지한 사회적 계약의 제안으로 받아들여졌으면 했다. 기획서를 만들기로 마음먹었다.

한국 국적 레즈비언에게
"결혼"이란
무엇을 의미하는가?

한국의 혼인법은 의외로 진보적이라 동성간 혼인을 금지하거나, 이성간에만 혼인이 가능하다고 명시하고 있지는 않다. 다만 별도의 입법 조치가 없는 한 현행법상의 해석론만에 의하여 동성간의 혼인이 허용된다고 보기는 어렵다는 판결(2014호파1842)은 있다. 고로, 동성 커플은 구청에 가서 서류를 제출해 결혼할 수는 없다.

따라서 한국에서 법적으로 인정되는 결혼을 해본 레즈비언은 없고, 사회적 통념이 없기에 각자가 지닌 결혼에 대한 정의도 다르다. 한쪽은 같이 사는 정도를 생각하는데 다른 쪽은 뉴질랜드에 이민을 가서 법적으로 배우자 인정을 받자는 야망을 품고 있을 수 있다. 그래서 먼저 내가 생각하는 결혼이 무엇인지 공유하며 기획서 발표를 시작하고자 했다.

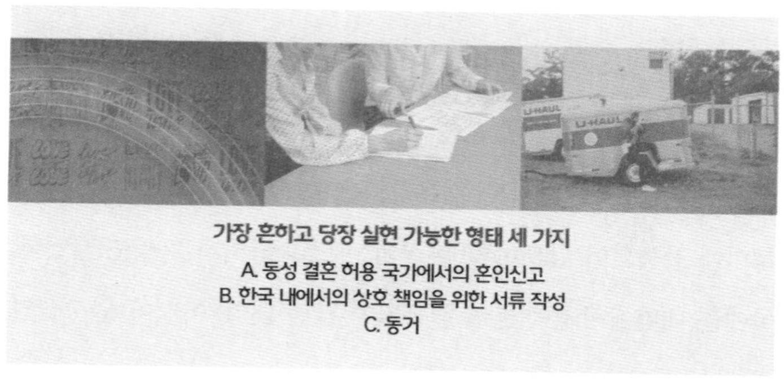

내가 떠올린 결혼에 준하는 실현 가능한 행위는 세 가지였다. 첫째, 동성 결혼이 허용된 국가에서 혼인신고 하기. 둘째, 한국 내에서 상호 책임을 위한 서류 작성하기. 셋째, 생활을 함께하기. 한국에서 결혼이 안 된다고 포기하지 않고, 그에 준하는 행위들을 최대한 많이 실행하고 싶었다. 서류 작성만이 결혼의 전부는 아니니까.

A. 동성 결혼 허용 국가에서의 혼인신고

동성 결혼이 가능한 국가 총 26개국

구체적으로 어떻게 실행할 수 있는지 하나씩 살펴볼까? 2019년 3월 기준 지구상 동성 결혼이 가능한 나라는 총 26개국이 있었다. 생각보다 많은 것 같기도, 적은 것 같기도 하다. 대부분이 유럽과 북미에 집중되어 있으며 내 예상과는 달리 남미 국가들도 많았다. 이때는 대만에서 동성혼이 허용되지 않던 때라, 아시아에는 색칠이 되어 있지 않은 걸 볼 수 있다.

A. 동성 결혼 허용 국가에서의 혼인신고

네덜란드	X	스웨덴	X	프랑스	X	콜롬비아	X
벨기에	X	포르투갈	X	우루과이	–	핀란드	O
스페인	X	아이슬란드	O	뉴질랜드	O	몰타	O
캐나다	O	아르헨티나	X	영국	O	독일	X
남아프리카공화국	O	덴마크	O	룩셈부르크	X	호주	O
노르웨이	O	브라질	O	미국	O	오스트리아	X
				아일랜드	O	멕시코	O

그중 관광객의 혼인신고를 받아주는 국가는 단 14개국

하지만 이 나라 중 하나에 가서 반지 교환을 한다고 해서 바로 부부가 되는 건 아니다. 혼인신고 요건에 국적, 해당 국가 거주 기간 등 여러 제한이 걸려 있곤 하다. 가까운 동성혼 허용국인 대만의 경우, 출신 국가에서 동성혼이 불가하면 대만에서도 혼인신고가 불가능하다. 관광 비자만 들고 입국한 동성 결혼 불허국 출신의 외국인 둘을 받아주는 곳은 많지 않다. 국가기관 웹사이트, 메이저 언론사 기사 등을 바탕으로 검색해봤을 때 우리 커플이 가볼 만한 나라는 14개국 정도였다. 그래도 모국에서도 거부하는 걸 시켜주겠다는데 이게 어딘가!

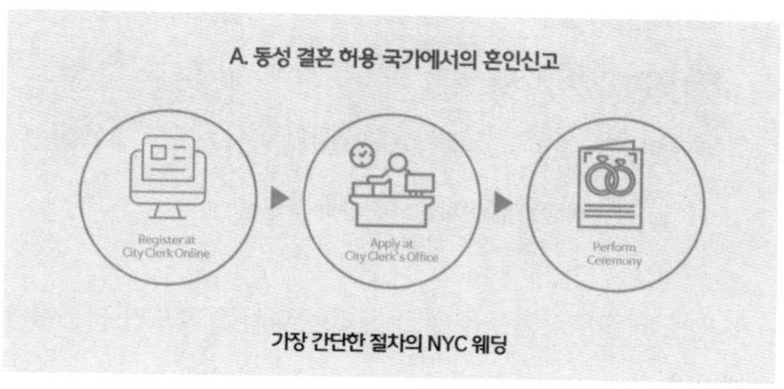

가장 간단한 절차의 NYC 웨딩

나와 언니가 할 수 있는 외국어는 영어밖에 없기에 후보를 영미권으로 좁혔다. 그중 미국이 접근 가능한 정보도 많고 각종 절차가 간단해 보였다. 특히 뉴욕은 24시간 안에 모든 과정이 완료되며 주례 담당자도 구할 필요가 없어 매력적이었다. 마침 남동생이 근교에서 학업 중이라 증인이 되어줄 수 있다는 장점도 있었다.

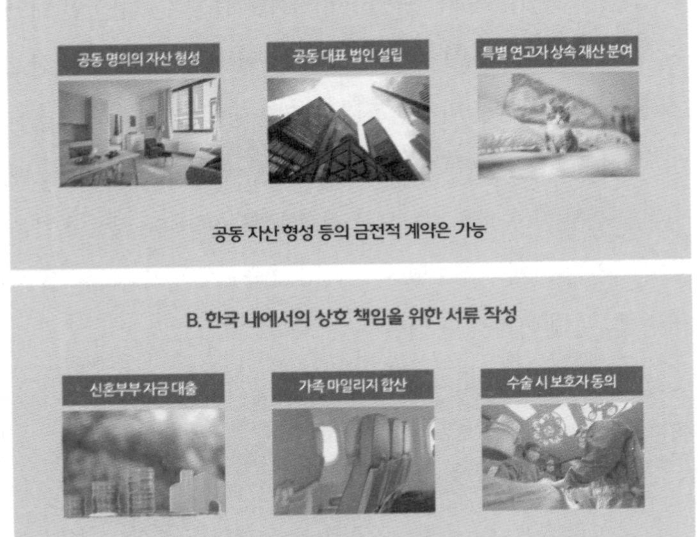

뉴욕에서 성혼 선언문을 읽고 혼인 증명서를 받으면 기분이야 좋겠지만 국내에서는 그저 종이 쪼가리일 뿐이다. 안 될 말이다. 나는 언니와 더욱 질척거리는 금전 관계로 얽히고 싶었다. 짧게 생각해본 바로는 집을 공동 명의로 같이 사거나, 함께 회사를 세우거나, 공증을 통해 제삼자 상속 재산 분여를 하면 살아 있을 때도 죽었을 때도 충분히 질척일 수 있어 보였다. 나중에 전문가들이 조언하기로는 위의 방법보다는 신탁을 통한 공증이 더 현실적이라고 한다. 다행히 언니는 내 기획서의 허점을 발견하지 못하였다.

동시에 우리가 누리지 못할 혜택들도 짚어주고 싶었다. 프러포즈를 하는데 웬 부정적인 얘기인가 싶겠지만, 긍정적인 면뿐만 아니라 현실적인 한계도 지적하며 나의 냉철함을 뽐내려고 전략적으로 작성한 페이지다. 이성애자들이 늘 얘기하듯, 결혼은 현실이니까.

C. 동거

정량적 준비	정서적 준비
▼	▼
Q. 부모님의 도움 없이 현재 생활 수준을 유지할 수 있는지	Q. 힘든 일이 있어도 가정을 지킬 수 있는지
Q. 결혼 관련 일체 비용을 지불할 수 있는지	Q. 결혼 후 외도 등 신뢰 관계를 깰 우려는 없는지
Q. 향후 재무 계획은 세우고 있는지	Q. 성인으로서 스스로를 책임질 수 있는지
Q. 소비 습관에 일관성이 있고 나와 잘 맞는지	Q. 함께했을 때의 미래가 그려지는지

정량적·정서적 준비가 모두 필요한 행위

기획서에서 가장 공을 들인 부분은 동거 파트다. 그냥 살면 되지 않느냐는 의견도 있겠지만, 수십여 년을 떨어져 살던 사람들이 한순간에 마법같이 잘 살 리는 없지 않은가. 함께 사는 데는 많은 준비가 필요하고, 여기에는 정량적인 부분과 정서적인 부분이 있다고 생각했다.

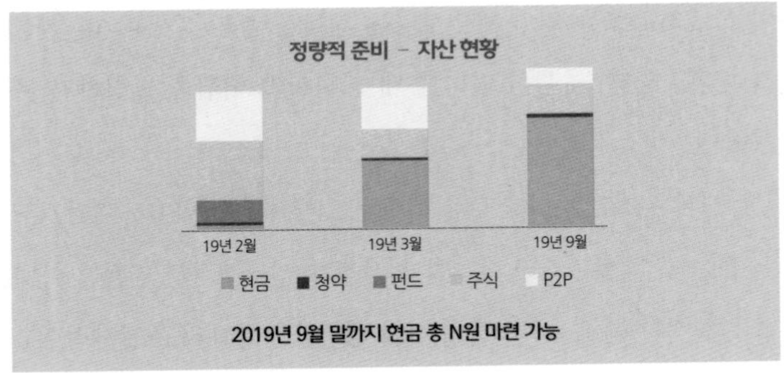

기획서를 작성하며 결혼 관련 고민 글이 많이 올라오는 '네이트 판'이라는 커뮤니티를 참고하였다. 돈 때문에 갈등하는 사람들이 참 많아 보였다. 프러포즈를 하길래 수락했는데 알고 보니 모아놓은 돈이 하나도 없어서 캄캄하다는 사연은 귀여운 축에 속했다. 회사 합병 전 재무제표 검토는 필수인데 결혼도 마찬가지라는 생각이 들었다. 내 재무 상황을 투명하게 공개하기로 했다.

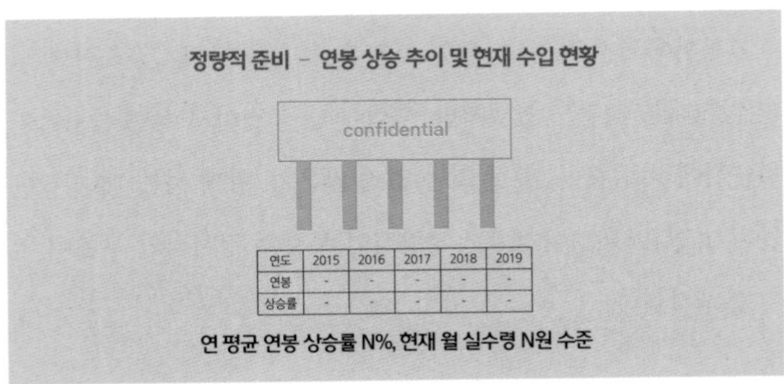

연도	2015	2016	2017	2018	2019
연봉	-	-	-	-	-
상승률	-	-	-	-	-

정말 투명하게 모든 것을 공개했다. 나와 인사팀밖에 모르는 과거 연봉과 연도별 상승률까지! 입사 때 정확한 수입을 공개하지 않는다는 계약서에 서명했던 것 같은데, 천 단위 아래로는 절삭했으니 정보의 일부만 알려준 셈이라는 해명을 담당자에게 하고 싶다.

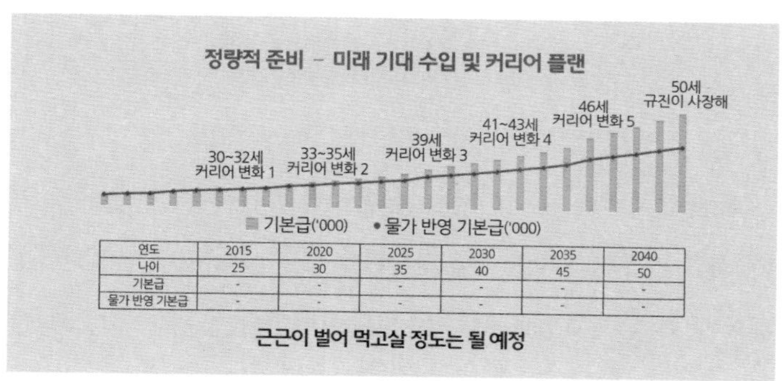

연도	2015	2020	2025	2030	2035	2040
나이	25	30	35	40	45	50
기본급	-	-	-	-	-	-
물가 반영 기본급	-	-	-	-	-	-

연하를 왜 만나는가? 귀여워서도 물론 있겠지만 미래 성장 가능성이 주효할 것이다. 축구팀에서 유망주에 거액을 투자하는 이유처럼 말이다. 언니보다 나이도 적고 소득도 적어 무엇을 내세울지 고민하다 미래 기대 수입을 밀기로 했다. 나는 지금까지 잘해왔고, 앞으로도 이런 계획들이 있다고. 언니는 엄마에게 항상 야망 있는 남편을 만나라는 얘기를 들어왔던 터라 매우 흡족해했다. 남편이 아니고 아내지만, 그건 야망에 비하면 사소한 부분 아니겠는가.

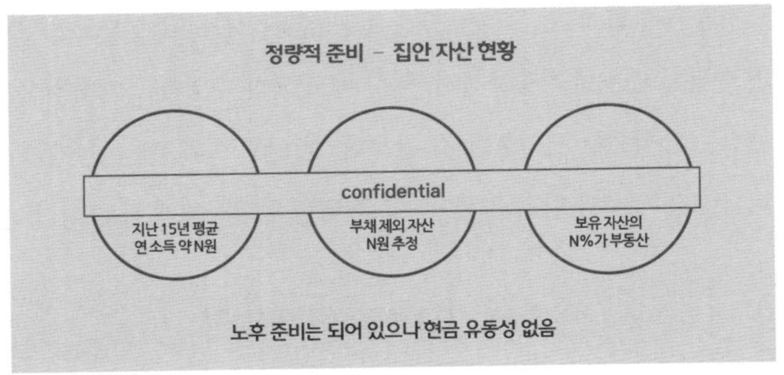

"둘만 행복하면 됐지"는 참 아름답지만 현실적이지는 않은 말이다. 학교 커뮤니티의 졸업생 게시판을 보면 예비 배우자가 얼마를 해와야 되냐, 부모님께 생활비는 드려야 하냐 등 양가 가족과 관련된 문제가 많아 보였다. 결혼 전에 확실히 해야 될 부분이라고 생각했다. 아빠와 얘기해본 결과, 부모님의 노후 생활을 도와드릴 필요는 없는 반면 결혼 지원금도 많이 바랄 수 없어 보였다.

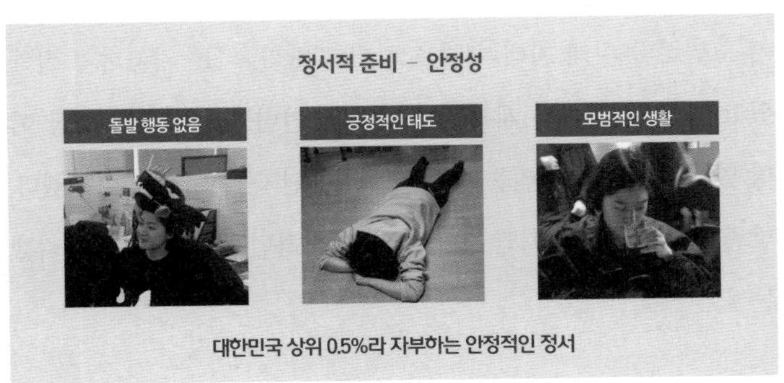

돈이 많으면 결혼 생활이 반드시 행복한가? 동성 부부의 경우 어차피 경제권을 합칠 수 없어 재 돈이 내 돈이 되지도 않는다. 이혼 사유 올 타임 넘버원 '성격' 부문에서 내가 장점이 있다는 점을 강조하였다. 너무 자랑만 하면 재수 없으니까 각 항목에 상반되는 내 사진을 넣었다. 모범적인 생활이라는 글씨 아래에는 소주를 마시는 모습을 넣는다든지. 언니가 모순의 미학을 느끼길 바랐다.

정서적 준비 - 추진력

3월						
SUN	MON	TUE	WED	THU	FRI	SAT
					1	2
3	4	5	6	7	8	9
10	11	12	13	14	15	16
17	18	19	20	21	22	23
24	25	26	27	28	29	30

3/2 결혼 계기 생김, 3/3 결혼을 결심, 3/4 프러포즈 아이템 구입,
3/9 간접적 의사 문의, 3/16 프러포즈

아시아 상위 0.5%라 자부하는 결단력과 실행력

결혼을 성사시키려면 자고로 한쪽이 밀어붙여야 한다. 신혼집을 매매로 구할지 전세로 구할지부터 시작해서 플래너는 누구로 선택할지, 결혼식장에 꽃은 어느 규모로 장식할지까지 크고 작은 선택이 기다리고 있기 때문이다. 언니는 남이 선택해주는 걸 좋아하고 나는 의사 결정이 빠른 사람이라, 이 부분에서 잘 맞았다.

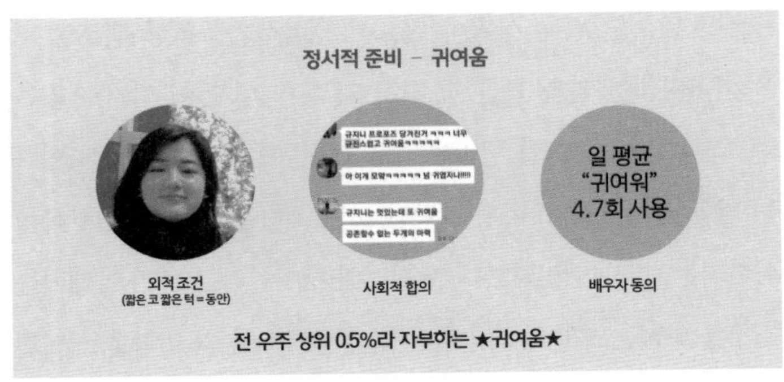

기획서를 채우는 건 탄탄한 자료와 틈새 없는 논리지만, 기획서를 팔리게 하는 건 마음에 남는 강력한 한 가지 장점이다. 언니는 이상형을 물어보면 항상 귀여운 사람이라고 대답했다. 나도 동의했다. 가장 오래가는 매력은 귀여움이 아닌가? 매일 섹시하면 심혈관에 좋지 않을 것이다. 나는 귀여움에 자신이 있었다. 지금까지 거쳐온 모든 집단에서 귀엽다는 얘기를 들었다. 비록 곰돌이같이 직관적으로 귀엽다는 게 아니고 마동석같이 형용모순적으로 귀엽다는 말이었지만.

기획서는 성공적으로 채택되었고, 나는 언니의 여자친구에서 예비 신부로 타이틀이 바뀌었다. 프러포즈 수락만으로 이 문서는 소임을 다했지만 작성하는 과정 자체도 의미 있는 경험이었다. 집을 살 때 우리는 다양한 요소를 고려한다. 실거주 목적인지 투자

목적인지, 학군은 어떤지, 주변에 대형 마트는 있는지, 향후 10년 안에 동네에 개발 호재가 있는지 등 말이다. 결혼은 주택 구매와 비교할 수 없을 정도로 인생에 큰 영향을 미치는 계약이다. 이런 중대사의 기획 의도, 실현 방안, 기대 효과 등을 고민하는 건 비단 동성애자뿐만 아니라 결혼을 앞둔 모든 사람에게 필요하다고 생각한다. 회원 가입 시 모두 동의를 클릭했다가 알고 보니 신체 포기 각서였다던가 하는 일은 없어야 하니까.

+ 혹시 이 책을 읽고 기획서로 프러포즈 했다가 나를 원망하는 사람이 생길까 봐 노파심에 한 가지 덧붙여본다. 결혼이 조인트벤처 설립은 아니고 양측은 살아 숨 쉬는 사람이니까 기획서만 제시하는 건 조금 삭막할 수 있다. 내 결혼 기획 발표는 감성에 호소하는 편지와 디올, 티파니, 시그니엘의 도움을 받았음을 밝혀둔다.

#다 같은 돈 아니에요?

나와 언니는 먼저 봄에 미국에서 혼인신고를 한 뒤 여름쯤 한집으로 이사를 하고 나서 늦은 가을에 결혼식을 하기로 일정을 정했다. 1년 내내 결혼하는 기분을 내려고 그런 것은 아니고, 지극히 현실적인 이유에 바탕을 둔 결정이었다. 원래 같이 미국 여행을 가기로 했으니 이왕 가는 김에 신고하기로 했고, 집을 구하는 데는 시간이 필요하니 지금부터 시작해도 여름쯤에나 입주하게 될 것이고, 결혼식은 혹시 모를 부모님 설득을 대비하여 여유를 두기로 했다.

혼인신고 하는 방법은 프러포즈를 준비하며 찾아봐두었고 부동산 물색이야 주변에 물어보면 됐지만, 결혼식만은 감이 잘 잡히지 않았다. 대략적인 정보는 인터넷에서 찾을 수 있었지만 비용 등 정말 중요한 정보는 복잡한 절차를 거쳐야만 공유해주는 듯했다. 우리를 도와줄 웨딩플래너가 필요했다. 동성 결혼식 경험이 있는 플래너가 한국에 과연 존재하기는 할지 고민하던 중, 때마침 퀴어 동아리 선배가 연락했다. 자기 친구가 웨딩 일을 하는데 퀴어 친구들이 많아 동성 결혼식도 몇 번 진행해봤다는 반가운 소식이었다.

소개받은 플래너는 우리를 만났을 때 어떤 결혼식을 원하냐는 질문을 제일 먼저 던졌다. 가족들끼리 오붓하게 식사를 하는 경우부터 신라호텔 다이너스티홀에 700명을 초대하여 북적북적한 웨딩을 하는 경우까지 천차만별이니까. 규모 외에도 하객들이 앉아서 밥을 먹는 동시 예식을 할 것인지, 식이 끝난 뒤 식당으로 가는 분리 예식을 할 것인지 등 선택해야 될 부분이 한둘이 아니었다. 세부적인 것까지는 아직 생각해보지 않았지만, 우리 부부가 원하는 웨딩의 테마는 '한국식 공장형 레즈비언 웨딩'이었다(물론 이 해괴한 워딩은 나의 발상이다).

나는 취향이 꽤 보수적이고 보편적인 편이다. 한때 남들이 안 듣는 음악을 열심히 찾기도 했으나, 지금은 내가 빌보드 히트곡을 좋아하는 사람이라는 걸 받아들였다. 패션도 아주 무난한 아이템을 입거나 그때그때 유행하는 브랜드 제품을 사보는 편이다. 결혼식 취향에 관해 얘기하자면, 흔히들 '공장형 웨딩'이라고 비판적

뉘앙스를 담아 칭하는 전형적인 한국식 결혼식을 좋아한다. 실내 예식장에 많은 지인이 모여 축의를 하고 축가를 들은 뒤 이내 밥을 먹으러 가는 그런 예식 말이다. 내가 지금까지 방문한 모든 결혼식은 이러하였고, 나는 갈 때마다 축하와 부러움이 뒤섞인 복잡한 감정을 느꼈다. 누군가는 찍어낸 듯 똑같다고 폄하하는 이런 흔한 광경이 나에게는 선망의 대상이었다.

당시 여자친구, 현재는 와이프인 언니도 아주 독특한 취향을 가진 편은 아니었고 이런 면에서 둘이 잘 맞았다. 하루는 술에 잔뜩 취해 결혼식에서 엄마 둘이 화촉도 밝혔으면 좋겠고 아빠들이 편지도 읽었으면 좋겠다는 (본인은 기억하지 못하는) 보수적인 결혼식관을 밝히기도 했었다. 보편성에 대한 부러움에서인지 심심한 취향 때문인지 정확히 알 수는 없지만, 아무튼 우리가 함께 꿈꾸고 기획할 결혼식의 형태는 공장형 웨딩이었다.

재미도 있고 한편으로는 정치적인 메시지를 담을 기회이기도 했다. 스트리트 브랜드 오프화이트의 창시자이자 루이비통의 아트 디렉터인 디자이너 버질 아블로는 옷을 만들 때 '3%의 법칙'이라는 걸 적용한다고 한다. 기성 제품에 3%의 변화만 주어도 독창적이고 새로워 보인다는 게 그의 지론이다. 이걸 예식에 적용해 어디서나 볼 수 있는 흔한 광경에 신랑·신부만 신부·신부로 바꾼다면? 생각만 해도 색다르고 재미있다. 또 동성 커플은 신비롭고

특이한 존재가 아닌 그냥 수많은 부부 중 하나일 뿐이라는 의미도 부여될 것이었다. 다행히 언니도 내 생각을 흔쾌히 받아들여주었고, 우리는 플래너와 함께 흔하디흔한 결혼식을 준비하기 시작했다.

준비 전 가장 걱정이 되었던 부분은 예산도, 수많은 결정의 순간도 아니었다. 욕심부리지 않고 예산에 맞추기로 미리 굳은 다짐을 했고, 나는 선택을 꽤 쉽고 빠르게 하는 편이었으니까. 언니는 예식장과 웨딩드레스 외에는 내가 골라주는 편을 원했고, 불행인지 다행인지 양가 부모님의 간섭도 없어서 이 부분은 전혀 문제가 되지 않았다. 다만 드레스숍, 스튜디오, 웨딩홀 등 여러 업체에서 동성 결혼이라는 이유로 우리를 거절할 것이 우려되었다. 건너 들은 얘기로는 실제로 예식장의 이미지와 맞지 않는다며 예약을 거절당한 레즈비언 커플이 있다고 했다.

이러한 우려 사항들을 전달하니 플래너가 미리 업체들에 연락을 해보겠다고 말했다. 그리고 동성 결혼 진행 경험이 있는 업체를 위주로 소개할 것이고, 그렇지 않더라도 자신이 오래 일한 곳들이니 걱정하지 말라는 얘기를 덧붙였다. 걱정이 사라지지는 않았지만 거절을 당하더라도 우리가 직접 들을 일은 없으니 다행이라는 생각을 하며 다음 미팅 약속을 잡았다.

일주일 뒤 플래너는 자신만만한 표정으로 예식장 후보 네 곳을 소개해주었다. 세 곳은 동성 예식을 이미 진행해본 곳이고, 나머지 한 곳은 처음이라 견적 문의를 했는데 재밌는 얘기를 들었다고 했다.

"동성 결혼인데 괜찮으시냐고 실장님한테 물었더니 그분이 뭐라고 하셨는지 아세요? 글쎄 다 같은 돈 아니냐고 하시지 뭐예요."

나와 언니, 그리고 플래너는 다 같이 한참을 웃었다. 생각해보니 그랬다. 부부가 동성 커플인지 이성 커플인지가 대체 무슨 상관인가. 내는 돈은 어차피 똑같을 텐데! 실장님의 건조하고 실리주의적인 말이 더없이 유쾌하게 느껴졌다.

그 뒤로도 비슷한 일이 이어졌다. 와이프와 반지를 고르러 갔을 때 직원이 "신랑분은 어디 가셨어요?"라고 묻길래 "저희 둘이 낄 거예요"라고 대답했다. 이제 무슨 말이 돌아오려나 긴장하고 있는데 직원은 별일 아니라는 듯 반지 가격 설명에 들어갔다. 그렇지, 타깃 달성과 인센티브가 중요하지 남녀가 반지를 끼는지 여여가 반지를 끼는지는 별것 아닌 거다.

제주도 스냅 촬영을 할 때는 나랑 와이프 둘이 함께 메이크업을 받을 업체를 섭외해야 했다. 거절을 당하지는 않을까 조심스레 "저희가 레즈비언 커플인데 혹시 메이크업 될까요?"라고 문의를 하니 담당자가 "좋아요!"라고 답했다. 그런데 아침 7시 촬영이라 메이크업을 일찍 시작해야 한다고 하니까 "아, 그건 좀 어려워요"라는 답이 돌아왔다. 하긴, 정체성은 중요하지 않지만 수면 시간은 중요한 법이다. 거절을 당하면서도 괜스레 기분이 좋았다.

그 이후로 우리 커플은 보다 자신감 있게 결혼식을 진행하게 되었다. 어디를 방문하더라도 '다 같은 돈'이라는 마음가짐을 가지니 위축되지 않았다. 그리고 실제로 어느 업체에서도 우리에게 무례하거나 불쾌한 질문을 하지 않았다. 동성 결혼은 처음이지만 드레스가 둘이니 도전정신이 든다는 웨딩드레스숍 직원도 있었고, 그냥 월급 받는 직원인데 뭐하러 손님을 거절하고 막겠냐는 웨딩홀 지배인도 있었다. 서비스 제공자로서 당연한 거 아니냐는 말을 할 수도 있겠지만, 나에게는 모두 따뜻하고 즐거운 기억으로 남아 있다.

공장에서 다 찍어낸 듯 똑같다는 폄하의 의미를 담은 말, 공장형 웨딩. 하지만 내가 겪은 공장형 웨딩의 준비 과정은 합리적이고 프로페셔널했다. 흔히 보지 못했을 레즈비언 커플을 낯설다는 이유로 배척하는 대신 보편적인 친절함으로 맞아준 직원들의 자세를 기억한다. 조금은 이질적인 존재인 우리에게, 결혼 준비 과정은 작은 정상성의 경험이었다. 언젠가는 돈을 내는 소비자가 아니어도 겪을 수 있길 바라는 그런 정상성.

#내일모레는 아니겠지만 언젠가 올 우리의 미래

드라마나 인터넷 커뮤니티에서 본 이야기를 종합해보았을 때 상견례는 지뢰 찾기 게임과 유사해 보였다. 단편적인 정보를 통해 서로의 민감한 주제는 피하며 약 두 시간 동안의 대화를 탈 없이 마무리하면 다음 단계로 넘어가는 그런 게임 말이다. 재산, 직업, 학벌 같은 지뢰를 건드려 결혼이 파투가 나는 경우도 종종 있는 듯했다. 이런 무시무시한 일을 거쳐야 겨우 결혼 준비 1단계에 들어서다니, 참으로 고되어 보였다. 고급 한정식집이나 일식집에서 밥을 먹는 건 좋아 보였지만 말이다.

나는 미래에 대한 구체적인 상상을 자주 하는 편인데, 플롯 중 상견례는 빠져 있었다. 결혼은 언젠가 꼭 할 거라 마음먹었지만,

그 결혼을 사회적으로 일컫는 가족간의 결합으로 생각해본 적은 없었다. 마음이 맞는 사람을 만나 사회적 계약을 맺는 것까지는 어렵지만 실현 가능해 보였다면, 나와 배우자 둘 다 가족에게 이 사실을 밝히고 환영을 받는 광경은 불가능에 가까워 보였다. 엄마 어깨너머 주말 드라마를 볼 때, 상견례 자리에서 물잔을 던지는 장면보다는 연인의 부모에게 "이 돈 받고 헤어져"라는 제안을 받는 장면에 더 쉽게 몰입됐다.

내 예상은 아쉽게도 맞아떨어졌다. 언니와 결혼을 결심하고 양가 부모님께 알리는 데까지는 순탄하였으나, 거기까지였다. 엄마는 반대는 하지 않겠으나 굳이 결혼 상대와 알고 지내고 싶지는 않다는 자세로 나왔고, 언니 쪽 부모님은 크게 혼란스러워하셨다. 반드시 결혼식을 해야만 하는 건지 그냥 같이 살기만 하면 안 되는지 되물었다. 의외의 반응은 아니라 충격을 받지는 않았지만 가족이 내 결혼을 지지하지 않는 것은 아무래도 유쾌한 경험은 아니었다. 다행인 점은, 모두가 반대한 건 아니었다는 것이다.

아빠는 양가 부모님 중 이 결혼의 유일한 지지자였다. 사귄 지 석 달이 된 여자친구와 결혼하고 싶다는 얘기를 꺼냈을 때 너무 이르지 않냐는 반응을 예상했었다. 이성간의 결혼이라고 생각해도 큰 결정을 내리기에는 빠른 타이밍이었으니까. 하지만 아빠는 잠자코 내 얘기를 듣더니 "그래서 내가 뭘 도와주면 되니?"라고 말했다. 혹시나 해서 꺼낸 집을 사달라는 요청은 1초 만에 기각당했지만 일부 금전적 지원을 약속받았다. 진심으로 고맙다고 말했다. 돈을 쓴다고 사랑하는 건 아니지만 사랑하지 않고 돈을 쓰는 건 어려운 법이니까.

중국으로 돌아가며(부모님은 2001년 이후로 쭉 중국에 살고 계신다) 아빠는 다음에 오면 여자친구와 밥을 먹고 싶다고 했다. 당시에는 웃으면서 좋다고 대답했으나 아빠의 귀국이 하루하루 다가올수록 긴장이 되었다. 부모님에게 곧 결혼할 레즈비언 여자친구를 소개해주는 법은 아무도 알려줄 사람이 없었다. 급한 대로 이성 커플의 예시를 찾아보았다. 이성애자라도 연인을 부모님에게 소개하는 일이 긴장되는 건 마찬가지일 테니까. 여러 글을 정독한 끝에 내가 추린 실질적인 조언은 두 가지였다.

첫째, 선물은 정관장 홍삼이다. 부모님 소개 자리의 목적은 긍정적인 인상을 남기는 게 아니라 부정적인 인상을 남기지 않는 것으로 보였다. 따라서 선물을 준비할 때도 색다른 품목보다는 무난한 아이템을 고르는 것이 안전해 보였다. 또, 정관장 홍삼이라는 스테디셀러가 지닌 정상성과 보편성이 아빠에게 마음의 안정을 줄 수 있을 것이라고 생각했다. 이 자리도 여느 아빠가 겪는 예비 배우자 소개 자리와 아주 다르지는 않구나, 하는 안정감.

둘째, 중간자가 잘해야 한다. 친구 부모님을 만나도 어색하고 어려울 텐데 하물며 예비 배우자의 부모님이라면 어떻겠는가? 아빠와 언니 둘 다 다양한 사람들과 무리 없이 잘 어울리는 편이긴 하지만 결국 대화를 이끌어나가고 공통 주제를 찾는 건 중간자인 나의 몫이었다. 언니가 평소에 나에게 얼마나 잘해주는지, 아빠가 어떤 식으로 호탕하게 지원을 약속했는지 등의 말을 꺼낼 방식을 열심히 궁리했다. 소개팅 주선도 해본 적이 없는 나에게는 엄청난 도전이었다.

마침내 그날이 왔고, 언니와 나는 퇴근 뒤 예약해둔 식당으로 갔다. 아빠가 주변 사람들에게 신경을 쓰지 않도록 개별 룸이 있고 고기를 구워주는 곳을 미리 물색해두었다. 아빠와 언니가 둘 다 제일 좋아하는 메뉴인 맛있는 한우를 먹으며 무사히 이 저녁을 넘기자는 내 바람을 담기도 했다. 이제 남은 건 내가 말을 제대로 하는 것뿐이었다. 비장한 마음으로 식당에 들어섰다.

걱정과 달리 조심스럽지만 화기애애한 말이 오고 갔다. 아빠가 주책맞게 자신이 대학생 때 인기가 많았다는 얘기를 꺼내기도 했으나 무척 즐거워 보여 굳이 지적하지는 않았다. 식사가 어느 정도 마무리가 되어갈 때쯤 아빠가 의외의 말을 꺼냈다.

"사실 나는 너희 엄마랑 동성동본 결혼을 했어. 외할아버지 반대가 심해서 내 본관을 다르게 말하고 다니기도 했고. 그런데 30년이 지난 지금 누가 동성동본 얘기를 하냐? 동성 결혼도 30년 뒤에는 아무것도 아닐 거야."

처음 들어보는 얘기였다. 하지만 나는 부모님의 결혼 비밀보다는, 이 결혼을 지지해주기 위해 아빠가 자신과 동성 커플의 공통점을 찾아서 해줄 말을 열심히 골랐다는 점에 놀랐다. 정말 맞는 말이기도 했다. 동성동본 혼인 금지, 호주제와 같이 지켜야만 할 절대적 가치로 보였던 일들이 2, 30년이 지난 지금은 정말 별것도 아니지 않나. 우리의 결혼도 30년 뒤에는 그렇게 될 것이라니, 결혼 승낙 발언으로 들을 수 있는 가장 근사한 말이었다.

사회는 계속 변하고 있고 결국 우리의 존재는 인정받을 것이다. 50대의 동성혼 법제화 찬성률은 23%에 불과하지만 20대의 찬성률은 62%에 육박한다.* 30년쯤 지나면 이 20대들이 사회의 주류를 이룰 것이다. 무조건 이기는 게임이다. 우리 엄마나 언니네 부모님이 딸의 결혼에 차갑게 돌아섰던 것을 후회할 날도 반드시 올 것이다. 그때가 되면, 조금 늦게나마 상견례를 해봐도 좋지 않을까? 결혼이 가족간의 결합이어야 한다는 명제에는 동의하지 않지만 자식의 배우자, 그리고 배우자의 부모를 만나보는 건 서로의 이해를 높여줄 좋은 기회니까 말이다. 내일모레의 일은 아니겠지만 언젠가 올 우리의 미래를 상상해본다.

* 한국갤럽, 데일리 오피니언 제356호(2019년 5월 5주: 28~30일).

얘들아
사실대로 말하자면 나는…
긴장
긴장

대학 다닐 때 인기가 많았단다!
후후

그리고 또 사실은…

나랑 너희 엄마는 동성동본 결혼을 했어.
내 본관을 다르게 말하고 다녔지.

하지만 30년이 지난 지금 누가 동성동본 얘기를 하냐?
동성 결혼도 30년 후엔 아무것도 아닐 거야.

그리고 나 대학 때 정말 인기 많았단다.
냠

믿어드릴게요!

#맨해튼, 결혼하기 딱 좋은 곳

뉴욕시에는 수많은 특장점이 있겠지만, 그중 대표적인 세 가지를 꼽고 싶다. 하나, 여러 장르의 세계적인 맛집들이 도시 곳곳에 포진해 있다. 둘, 다양한 규모와 테마의 미술관을 골목골목에서 찾을 수 있다. 셋, 외국인이 동성 결혼을 24시간 안에 마칠 수 있다.

이 책에도 여러 번 언급하듯이, 한국은 아직 동성 결혼이 법제화되지 않았다. 불법은 아니지만, 구청에 가서 혼인신고서를 제출하면 각종 이유로 반려될 확률이 높다. 그러나 지금은 글로벌 시대, 국내에서 안 되는 게 있다면 해외로 눈을 돌리기로 했다. 한국의 전통적 우방이자 세계 최고 대국이며 외국인의 동성 결혼을 허용해주는 미합중국 말이다. 미국 정부의 승인을 받은 결혼이면 보수적인 가치관에도 들어맞지 않을까? 보수 단체들은 성조기를 종종 흔들곤 하니까. 더하여 미국에서도 최중심지인 뉴욕시의 승인이라면 더할 나위가 없었다.

이러한 이유로 언니와 나는 뉴욕에서 혼인신고를 하기로 했다. 다만 결혼식을 올리기 반년 전이라는 다소 이른 시기라 부모님의 반대가 걱정되었다. 왜 옛말에도 식장 들어가기 전까지는 알 수 없다, 살아보기 전까지는 알 수 없다고 하지 않는가. 반대한다고 안 하지는 않겠지만, 큰 결정인 만큼 가능하다면 동의를 받고 싶었다.

생각보다 일이 쉽게 진행됐다. 내 쪽 부모님은 그런 게 된다니 신기하고, 알아서 하라는 반응이었다. 언니 쪽 부모님은 전에 한국에서는 조용히 살고 미국에서 결혼하라는 얘기를 하셨는데, 우리는 이 말을 혼인신고에 적극적으로 동의하는 표현으로 받아들였다. 자식 키우는 게 참 쉽지 않다.

마침 양측 동생들이 미국에 살고 있기도 했다. 언니와 나는 공통점이 참 많은데 가족 구성도 그중 하나다. 둘 다 경상도 출신 4인 가정의 장녀이며, 미국에 사는 유한 성정의 남동생을 두고 있다. 다시 생각해보니 남동생들이 유하다기보다는 누나들이 만만치 않은 것에 가깝겠다. 미국의 결혼법은 주마다 다르지만 식에 참관하는 증인이 필요한 경우가 많다. 여행객은 사진사나 뒤 커플들과

품앗이를 해서 증인을 구하기도 하지만 우리는 남동생들을 초대하기로 했다. 부모님은 아니더라도 각자 가족의 일원이 참석한 자리에서 신고하면 더 뜻깊고, 우리의 결혼에 힘이 실리지 않을까 하는 바람이었다. 더 솔직히 말하자면 누나들이 자기들 사는 데서 결혼하는데 당연히 와야지 하는 보수적 발상도 없지는 않았다.

서약식 당일 아침, 스냅 사진을 찍으러 브루클린 다리로 향했다. 한 번 하는 혼인신고에다 심지어 뉴욕이니 사진으로 남겨야 했다. 담당 스냅 작가는 언니가 인스타그램에서 미리 눈여겨봐두었다가 여행 두 달 전에 예약한 참이었다. 혹시 동성 커플이라는 점이 불편할까 봐 이 부분에 대해 미리 언질을 주었는데, 전혀 신경 쓰지 않고 바로 가격 설명을 하는 쿨한 부분이 마음에 들었다. 뉴욕에서 동성애자를 보는 건 일상다반사일 텐데 우리 질문이 새삼스럽게 느껴졌을 수 있겠다는 생각도 들었다. 당일에 스냅 작가를 만났을 때도 활기차고 사교적인 태도로 우리 커플을 맞아주었다. 그에게는 우리가 동성 커플이라는 점보다는 카메라 앞에서 어색한 포즈를 취하거나 자연스럽게 웃지 못한다는 점이 훨씬 큰 문제인 듯했다.

사진을 찍으러 일단 브루클린 다리에 올라가기는 했는데, 사람들과 자전거가 옆을 쌩쌩 지나다녔다. 여기에서 30초씩 뽀뽀하는 자세로 서 있는 건 뻔뻔한 나에게도 쉽지 않아 보였고, 부끄러움이 많은 편인 언니에게는 스카이다이빙 급의 모험으로 느껴지는 듯했다. 간신히 입꼬리를 올려 포즈를 취하는데, 조깅하며 지나가던 중년 여성이 너무 귀엽다고 말을 건네며 지나갔다. 옆에 있던 다른 행인들도 같이 맞장구를 치거나 따스한 눈빛을 보내왔다. 더 부끄러워졌지만, 낯선 사람들의 응원과 호의에 힘이 나기도 했다. 한강 다리에서 찍었다면 받지 못했을 반응이니까.

체감상 스무 시간, 실제로는 두 시간이었던 야외 스냅 촬영을 마치고 작가와 함께 사무실로 향했다. 빠른 입장을 위해 동생들에게 미리 줄을 서 있어달라고 부탁했는데, 기특하게도 한 시간이나 일찍 가 있는 모양이었다. 귀엽다고 얘기하며 사무실 앞에 도착하니 익숙한 남정네들이 추레한 복장을 하고 서 있었다. 그렇다, 우리 동생들은 누나의 혼인 서약식에 후드티와 추리닝 바지를 입고 온 것이다.

"도윤아, 너 어제는 귀엽게 입고 오더니 오늘은 왜 추리닝이야, 인마. 누나들 결혼하는데."

"아니…… 남자 둘이 정장 입고 서 있으면 오해받을까 봐……."

게이 커플로 오해받을까 봐 둘이 추리닝을 입었다 이거지 지금? 레즈비언 서약식에 참여하는 와중에 이런 걱정이라니, 열려 있는 건지 닫혀 있는 건지 도무지 알 수가 없었다. 미국 사회에 만연한 마초남 문화에 물든 것일까? 그러기에 우리 남동생들은 너무 동그랗고 조용한 사람들인데. 그래도 새벽부터 줄을 서준 것이 가상하여 한 번만 넘어가주기로 했다.

비교적 수월하게 서류 검토가 완료되었다. 사무실 직원이 언니와 내 성씨를 보고 근친 관계냐고 추궁하는 해프닝이 있긴 했지만 말이다. 한국인 네 명 중 한 명이 김씨라는 걸 모르셨던 모양이다. 나는 제일 흔한 김해김씨에, 그중에서도 제일 흔한 삼현파라 분명히 조상 중 누군가가 호적을 구매한 것일 텐데. 아무튼 나와 언니, 남동생 둘, 그리고 스냅 작가까지 다섯은 우르르 서약식을 진행할 자그마한 홀에 들어갔다. 텅 빈 홀 중간에 단상이 놓여 있었고, 주례가 우리를 기다리고 있었다.

서약식 절차는 별거 없었다. 각자의 혼인 의사를 묻고, 반지를 교환하고, 뽀뽀하고, 서류를 나눠주었다. 별거 없는 절차와 달리, 그사이에 느낀 감정은 복잡했다. 옆의 사람과 결혼하여 평생의 반려로 맞이하겠냐는 질문에 "I do"라고 대답했을 때 떨리던 언니의 눈가. 이미 끼고 있던 반지를 형식적으로 다시 끼워줬을 때 느낀 새로움. 모든 절차가 끝나고 주례가 웃으며 건네준 종이 한 장을 받아들었을 때의 묵직함. 동생이 박수를 치면서 영상을 찍는 바람에 온통 흔들리는 화면을 봤을 때의 어이없는 즐거움. 모두 마음 깊이 남아 있다.

자국에서 인정해주는 것도 아닌데 왜 큰돈 들여 해외까지 가서 혼인신고를 했냐는 질문을 가끔 받는다. 우리가 받은 종이가 법적으로 큰 쓸모가 있는 서류가 아니긴 하다. 그렇지만 애초에 결혼은 효용으로만 설명하기에는 너무 비효용적인 부분이 많은 계약이다. 그냥 우리의 결혼이 여느 결혼만큼 진지하게 받아들여졌으면 했다. 가족들이 서약식의 순간을 직접 눈으로 봤으면 했다. 그리고 무엇보다, 이 약속에 쏟는 진심을 나와 언니 서로에게 보여주고 싶었다.

#전무님, 언니랑 결혼 좀 하고 오겠습니다

결혼의 하이라이트는 무엇일까? 프러포즈라는 사람도, 결혼식이라는 사람도 있겠지만 나는 단연코 신혼여행이라고 생각한다. 여행 자체야 돈만 있으면 언제든지 갈 수 있겠지만 주어진 연차 외 휴가를 받아서 갈 기회는 흔치 않은 법이다. 명분도 분명하여 눈치를 볼 필요도 없고, 일생에 (아마도) 한 번뿐이라는 명목하에 돈도 펑펑 쓸 수 있다. 회사가 돈과 휴가를 쥐여주면서 축하하며 보내주는 여행이라니, 가히 하이라이트라고 할 만하다. 문제가 있다면 과연 회사가 동성애자인 나한테도 돈과 휴가를 줄까 하는 점이었다.

나는 회사 복지에 관심이 많다. 사측에서 제공하는 각종 혜택을 잘 찾아 활용하는 편이다. 무료 심리 상담도 알차게 활용했고 자사 제품 할인 한도도 매년 꽉 채워 쓰며, 아무도 존재를 알려주지 않는 리프레시 휴가도 꼬박꼬박 신청하고 있다. 인사팀에서 매년 공지하는 복지 안내 서류를 한 줄 한 줄 정독한다. 그렇지만 결혼 및 배우자 관련 혜택만큼은 항상 읽지 않고 넘기곤 했다. 내 일이 아니라고 생각했으니까.

하루는 옆 팀에서 누군가 유달리 큰 목소리로 통화를 했다. 의도치 않게 내용을 듣게 되었는데, 신혼여행 경조 휴가 신청을 하면서 왜 청첩장을 첨부하지 않았냐는 얘기였다. 이 통화는 반드시 결혼식 날짜와 신랑·신부 이름이 보이게 찍어서 메일로 보내라는 엄포와 함께 끝났다. 저런. 청첩장을 잘 첨부했어야지, 왜 그랬대.

내 업무와 아무런 관련이 없는 통화였지만 솔깃했다. 결혼 증빙 서류가 가족관계증명서나 혼인관계증명서가 아닌 청첩장이라니! 잘 생각해보니 당연한 일이었다. 결혼식 전에 혼인신고를 하는 경우는 드무니까. 요새는 1년은 살아보고 도장 찍어야 한다는 의견이 대세라고 들었다. 그런데 법적 서류가 필요한 게 아니라면, 나도 결혼식만 한다면 남들과 같은 복지 혜택을 받을 수 있는 거 아닌가? 청첩장 찍는 데 국가 승인이 필요한 건 아니니까. 마음 깊이 이 정보를 담으며 언젠가 올 훗날을 기약했다.

그 언젠가는 생각보다 금방 왔다. 30년 안에는 할 수 있지 않으려나 여겼던 결혼을 겨우 스물아홉 살, 입사 5년 차에 하게 됐다. 내 결혼 소식을 듣고 부장님은 크게 웃으셨고(종종 연애 상담을 하곤 했다), 이사님은 전 팀에 쩌렁쩌렁 자랑하는 등 팀원 모두 각자의 방식으로 축하해주었다. 다들 예전부터 내가 레즈비언임을 알았던지라 아무도 결혼 소식을 이상하게 여기지는 않았다. 여자랑 결혼하는 건지 남자랑 결혼하는 건지 묻는 옆 팀원들은 종종 있었지만. 그럼에도 불구하고, 복지 휴가 신청은 조금 망설여졌다. 개개인이 나를 받아들여주는 것과 시스템이 나를 수용하여 선례를 만드는 건 다른 영역의 일이니까.

점심을 먹으러 가려고 엘리베이터에 탔는데 인사팀 전무님이 계셨다. 신입사원 때부터 종종 뵙고 상담을 드려 익숙한 분이었다. 기회는 지금이라고 생각했다.

"전무님, 저 여자친구랑 곧 결혼해요!"

"규진님은 매번 깜짝 놀랄 소식을……."

"하하, 그러게요. 그런데 혹시 저도 신혼여행 휴가 나오나요?"

"결혼식이 언제죠?"

"혼인신고는 5월인데, 결혼식은 11월에 합니다!"

"아직 시간이 많이 남았으니 천천히 논의해보죠. 우선 정말 축하드립니다."

신입사원 때부터 회사에서 그렇게 가르치긴 했지만, 너무 두괄식으로 얘기했나 하는 반성을 잠시 했다. 그래도 최고 결정자에게 미리 말씀을 드렸으니 내가 경조금을 신청해도 다들 놀라지는 않을 것이었다. 천천히 진행할 논의가 나에게 호의적인 방향이길 바랐다.

청첩장 디자인이 완성됐다. 드디어 회사에 휴가 및 경조금 신청을 할 때가 왔다. 전무님과의 일련의 대화 후 인사팀에서는 별도로 얘기가 없었고 나는 조금 불안해졌다. 정식으로 물어본 것은 아닌 만큼 인사팀에게 따로 문의 메일을 보내기로 마음먹었다. 나 다음에도 결혼하는 사내 동성애자들이 나타날 텐데 혜택 수령 가능 여부를 미리 정리해두면 그들도 편해지리라 생각했다.

메일을 보내기 전에 부장님에게 논의를 드렸다.

"부장님, 첨부한 도표와 같이 각종 혼인 관련 혜택 적용 여부를 인사팀에 문의하려고 합니다."

"굳이 그럴 필요가 있을까요?"

이게 무슨 얘기지. 큰일을 만들지 말라는 뜻인가? 조금 서운한 마음이 들려는 찰나, 부장님이 말을 이어갔다.

"청첩장만 첨부하라고 규정에 적혀 있는데 규진이라고 굳이 따로 허락을 받을 필요는 없어요. 나는 승인할 테니까, 기안하세요."

순간 울컥했다. 맞는 말이었다. 내가 동성애자라고 해서 남들 이상으로 증명을 할 필요는 없었다.

용기를 얻어 기안서를 쓰기 시작했다. 회사 규정, 사내 분위기, 주변 사람들의 반응 등 모든 것을 종합하였을 때 내 요청이 승인될 확률은 99%였다. 하지만 만약 1%의 확률로 반려되거나 추가 증빙을 요구한다면 계속 여기를 다닐 수 있을까? 나는 이 회사와 팀 동료들을 진심으로 좋아하여 실망하거나 잃고 싶지 않았다. 떨리는 마음으로 기안 버튼을 눌렀다. 이 사실을 트위터에 올리며 긴장을 분산하기도 했다.

복지 혜택 관련 문서의 승인자는 총 세 명이었다. 직속 상사, 재무팀 담당자, 그리고 인사팀 담당자. 직속 상사인 부장님의 승인은 1분 만에 떨어졌다. 힙합 경연 프로그램에서 참가자에게 주는 합격 목걸이 사진을 올리려고 했는데 첨부가 안 되더라는 유쾌한 말도 덧붙였다. 재무팀 담당자의 승인도 곧 떨어졌고, 이제 남은 것은 인사팀뿐이었다. 업무에 도무지 집중하지 못한 상태로 한 시간이 지났다. 인사팀 승인란은 여전히 비어 있었다. 우리 회사의 평소 속도 대비 느린 편이었다. 긴장되기 시작했다.

머릿속으로 온갖 부정적인 시나리오를 그리던 차, 인사팀 담당자에게 메시지가 왔다.

"결혼 축하드려요."

내 기안서는 승인되었고, 괜히 눈물이 났다. 주변 팀원들이 당연히 받아야 하는 혜택이니 울지 말라 했고, 나는 원래 아무 일에나 잘 운다고 웃으며 대답했다.

그렇게 나는 6일간의 휴가와 50만 원의 경조금 지급을 승인받았다. 이 승인은 동성애자도 회사의 일원이고 같은 혜택을 받아야 한다는 메시지로도 읽혔다. 동성애자라고 해서 더 많은 증명을 할 필요가 없다는 부장님의 말이 다시금 떠올랐다. 아직은 이 회사에 조금 더 다녀야겠다고 생각했다. 만약 인사팀에서 이런 의도로 승인을 해주었다면, 현명한 선택이었다고 얘기해주고 싶다.

#레즈비언 결혼식에 혼주석은 없다

어느 화창한 여름날, 언니와 나는 친한 레즈비언 커플의 결혼식에 참석할 채비에 나섰다. 예전부터 알고 지내던 대학교 선배와 멕시코계 미국인 여자친구가 화촉을 올리는 날이었다. 우리 커플의 결혼식도 세 달이 채 안 남았던 때라 이런저런 디테일들을 관찰하기도 했다. 인상적인 점 중 하나는 선배의 친척 어른들은 참석했지만, 부모님은 그렇지 않았다는 점이다. 결혼식 지원도 해주고 여자친구를 매우 마음에 들어했다는데 참석만큼은 어려웠던 모양이다. 좋은 날에 굳이 실례를 범하고 싶지 않아 따로 물어보지는 않았다. 강변을 낀 벽돌색 펜션에서 부부 둘이 세심하게 고른 케이터링과 함께 진행된 예식은 마음이 따뜻해지는 경험이었다.

지금까지 참석해본 남녀간의 결혼식장에는 항상 큼직한 의자가 맨 앞 왼쪽에 둘, 오른쪽에 둘 있었다. 나와 언니의 결혼식에 이 의자들이 필요할지는 모를 일이었다. 딱 한 번 가본 레즈비언 웨딩에도 없었으니까. 동성 예식을 한 번도 진행해보지 않은 롯데호텔 지배인도 혼주석이 빌 가능성에 대해서는 어렴풋이 느끼고 있는 모양이었다. 식순이나 배치를 준비할 때 참고해야 하므로 가능하면 예식 한 달 전까지는 필요 여부를 꼭 알려달라는 당부를 하였다. 부모님이 오지 않을 수도 있다는 게 당연한 가정이라니, 입맛이 썼다.

나도 언니도 혼주석이 차 있길 바랐다. 엄마들이 화촉을 밝히거나 아빠들이 편지를 읽는 것까지는 욕심일지라도, 그냥 자리에 앉아서 박수를 쳐주었으면 했다. 참석하지 않는다고 결혼식을 취소할 건 아니었지만 가족석이 비어 있으면 마음 한 켠이 허전할 것 같았다. 대단한 효녀들은 아니지만, 부모가 결혼을 승낙하고 축하하길 바라는 건 당연히 가질 수 있는 마음 아닌가. 엄마 아빠도 내심 지금까지 뿌린 축의금을 거두고 싶을지도 모른다. 우리의 두 남동생은 아직 학업을 이어가는 중이라 결혼이 한참 멀었기도 하고.

양가 모두 엄마를 설득하는 게 관건이었다. 우리 아빠는 결혼을 지지하는 편이었고 언니와 이미 저녁도 한 번 먹은 참이었다. 저녁 식사 뒤 나에게 저런 배우자감은 남녀불문 만나기 어려우니 말 잘 듣고 싸우지 말라고 신신당부하기도 했다. 언니네 아빠는 확실한 찬성의 제스처는 취하지 않았지만, 크게 반대하지도 않았다. 언니 의견으로는 어차피 가정의 평화를 위해 엄마 말을 따르게 될 거라고 했다. 여자 대 여자로 각자의 엄마를 설득하자는 비장한 결단을 내렸다.

커밍아웃 이래 엄마와 사이가 좋았던 적은 없었다. 내 모든 문제는 정체성으로 귀결됐다. 엄마는 내가 살이 쪄도 레즈비언이라 딸이 이 꼴이 됐다고 서럽게 울었고, 금융권이 아닌 소비재 회사에 취직했을 때도 네가 동성애자라 성공하지 못했다고 울분을 토했다. 그렇지만 정체성에 대한 언급은 엄마에게만 허락되는 것이지, 나에게는 아니었다. 여자친구의 '여' 자라도 꺼내면 황급히 화제를 돌리거나, 반대로 불같이 화를 내며 내가 당신을 화나게 하기 위해 일부러 말을 꺼냈다고 여겼다. 딸은 사랑하지만, 레즈비언 딸은 도저히 못 받아들이겠다는 모순적인 얘기를 했다.

이랬던 엄마도 6년의 세월이 지나, 혼수는 엄마 카드로 사라는 말을 할 줄 아는 사람이 되었다. 그다음 주에는 딸이 레즈비언이라 죽고 싶다는 얘기를 꺼냈지만, 발전은 발전이었다. 종종 나와 언니가 행복했으면 좋겠다는 말도 했기에 조금은 희망을 품고 있었다. 만약 거절을 당할지라도 초대는 하는 게 자식 된 도리라고 생각하며 혼주석 얘기를 꺼내기 위해 핸드폰을 들었다.

"어, 규진아, 잘 지내? 무슨 일이야!"

"엄마, 내가."

"응."

"엄마, 내가 부탁이 있는데."

"하지 마."

"혹시 결혼식 와주면 안 될까? 나는 엄마가 왔으……."

"내가 거기에 왜 가니? 응? 난 그 결혼 축하해줄 수 없어. 못 해. 내가 자리만 채우고 앉아서 축하는 안 하고 있으면 무슨 의미가 있니? 죽었다 깨어나도 나는 축하 못 한다. 끊어."

썩 잘 풀리지는 않았다. 아빠한테 미안하다는 문자가 왔다.

옆방에서 통화한 언니도 대화가 잘 끝나지 않은 모양이었다. 언니네 어머님이 전에 우리 커플을 받아들이려고 노력해보겠다는 말씀을 하셨었는데, 사실은 그러고 싶지 않다고 털어놓았다 한다. 동성애자는 비정상인데 왜 정상인 자신이 굳이 노력까지 해가면서 수용해야 하냐는 뜻이었다. 6년 전 엄마가 생각났다. 나랑 언니는 이래저래 닮은 면이 많다.

웨딩홀 지배인에게 식순에서 부모님 관련 활동은 모두 제외해

달라는 연락을 했다. 언젠가는 레즈비언 결혼식에 혼주석이 들어가는 날이 오겠지만, 그게 우리 결혼식은 아니게 됐다. 가족석은 유지하기로 했다. 미국에 사는 각자의 남동생들은 기특하게도 비행기를 타고 오겠다는 얘기를 꺼냈고, 친척들도 예상과 달리 흔쾌히 참석하겠다는 의사를 전달했기 때문이다. 나이 드신 이모들은 조금 충격을 받긴 했으나, 결국 사랑하는 조카의 결혼식에 빠질 수 없다고 판단하셨단다. 엄마는 이모만큼도 나를 사랑하지 않는 걸까? 그럴 리는 없다. 하지만 이모보다 나에 대한 기대도 더 크고 실망도 더 크겠지.

예전에 파인애플 열매가 나무가 아닌 풀에서 자란다는 말을 듣고 놀랐다. 사진을 보고도 내 눈을 믿지 못해 합성은 아닌지 백과사전을 찾아 팩트체크까지 했다. 지금은 파인애플이 풀이라는 사실을 받아들였지만, 그래도 왠지 야자나무처럼 생긴 열대 수목에서 주렁주렁 열릴 것만 같다. 엄마에게 내 정체성이 파인애플 같은 게 아닐까 생각을 했다. 분명히 딸이 여자를 좋아하고, 심지어 결혼식을 할 예정이고 이 사실이 바뀌지 않는다는 것은 알고 있다. 그리고 딸을 응원하고 싶은 마음도 있다. 그럼에도 불구하고 너무나도 낯설고 받아들여지지 않는 게 아닐까.

뭐, 엄마 말이 어느 정도 맞기도 하다. 결혼식에 참석하는 사람들은 모두 우리를 축하해줬으면 좋겠다. 엄마가 혼주석에 앉아 눈물을 글썽이고 있으면, 이게 감동의 눈물인지 슬픔의 눈물인지 분노의 눈물인지 알 수 없어 마음이 복잡해질 테다. 그것보다는 나를 응원하는 동생, 친척, 친구 그리고 직장 동료들 앞에서 행복하게 샴페인을 터뜨리는 편이 낫다. 실리적인 면에서도 축의금을 모두 우리 부부가 가져갈 수 있으니 손해만은 아니다. 이렇게 여러 생각이 교차하는 와중, 결혼식 날이 다가오고 있었다.

내가 어떤 존재인지 알고는 있지만

나
여기있어!

그래.
알고 있어

#가장 보통의 결혼식

사진 | 이호선 (진태용스냅 포토)

결혼식 준비는 철저하게 마무리했다. 사회자, 축가, 축의금 테이블 그리고 가방 순이까지 요직에 믿을 만한 친구들을 배정하였으며, 성소수자 하객들이 불편하지 않도록 안내 방송도 찍어놓았다. 친인척들이 속속들이 방문 의사를 밝히고, 언니가 매주 새로운 사람에게 커밍아웃하며 하객 수가 늘어나 좌석도 넉넉하게 준비했다. 결혼식의 가장 중요한 요소인 음식 맛도 미리 시식해본 바로는 훌륭했다. 이제 남은 건 우리 부부가 편안한 마음으로 큰일 없이 예식을 치르는 단계뿐이었다.

언니보다는 내 쪽이 걱정이었다. 평소 눈물이 많아 슬플 때도, 웃길 때도, 화가 날 때도 곧잘 눈물을 흘렸다. 결혼식 같은 극적인 순간에 울지 않을 리가 없었다. 운다고 누가 혼내지는 않겠지만 입이 떨어지지 않아 서약서를 제대로 읽지 못하거나 킁킁거리느라 식 진행에 방해가 된다면 큰일이었다. 주변의 친한 유부녀 언니들은 메이크업에 들인 돈을 생각하라거나, 고개를 45도로 숙여 눈물을 톡 떨어뜨리라는 실용적인 조언을 해주었다. 식 전날까지 고개 숙이는 연습을 하며 씩씩하게 걸어 나오리라는 다짐을 했다. 언니는 비교적 여유로운 모습으로 내 연습을 즐겁게 지켜보았다.

06:00 AM 메이크업숍 도착

우리 부부는 한국식 공장형 웨딩의 신부가 하는 모든 준비를 두 배로 했다. 웨딩드레스도 두 벌, 부케도 두 개, 헬퍼도 두 명, 메이크업 비용도 두 배. 그래서인지 모든 업체에서 열렬히 자본주의적 환영을 받았다. 왜 돈을 더 써가면서까지 그랬냐는 질문에는 글쎄, 누가 봐도 여자 둘이 결혼하는 걸로 비치고 "누가 남자 역할이야?" 따위의 질문을 하지 못하도록 전통적 기준에 맞춘 것도 있지만, 그냥 나와 언니 둘 다 드레스도 입어보고 싶고 부케도 들어보고 싶은 단순한 이유였다. 우리 둘이 돈 내고 하는 결혼인데, 우리 둘 마음대로 하는 거지 뭐.

그렇게 모든 것이 평균의 두 배인 결혼식 준비가 도산공원의 한

신부가 둘이라 부케도 둘

메이크업숍에서 이루어졌다. 언니는 전날 저녁의 여유로웠던 모습과 달리 긴장해 잠을 설쳐 한껏 피곤한 상태였고, 잠만큼은 푹 잔 나는 마냥 신나 있었다. 큰마음 먹고 추가 비용을 지불한 은방울꽃 부케가 도착했을 때는 예쁘다고 감탄을 했고, 언니가 메이크업 받는 모습을 열심히 찍어주기도 했다.

10:00 AM 예식장 도착

남는 건 사진뿐이라는 한국적인 사상에 나는 십분 동의한다. 경험의 가치를 폄하하는 게 아니라, 사진이 기억에 미치는 영향이 강력하다고 생각하는 편이다. 사실 지금 쓰고 있는 글도 사진을 보면서 아, 이때 내가 매 순간 얼굴을 한껏 구겨가며 웃을 정도로

우리 언니 세상에서 제일 예쁘다!

행복했구나 하고 되돌아보며 작성하고 있다. 막연한 기억에서 구체적인 감정과 상황을 살려낼 수 있는 참 편리한 매체다.

우리 결혼식이 진행된 잠실 롯데호텔에는 두 군데의 대표적인 사진 촬영 장소가 있다. 하나는 탁 트인 호텔 중앙부에 위치한 나선 계단 아래로 드레스 자락을 차르르 늘어뜨려서 찍는 '계단 숏', 나머지는 유리 엘리베이터에서 키스하는 모습을 찍는 '엘리베이터 숏'이다. 이왕 공장형 웨딩을 하는 거 남들 하는 걸 다 해보자는 마음에 둘 다 촬영하기로 했다. 모두가 볼 수 있는 탁 트인 공간에서 찍는 만큼 호텔 측에서 곤란해하거나 지나가던 사람들이 수군댈까 봐 걱정했는데 다행히 그런 일은 없었다. 역시 사람들은 생각보다 남에게 관심이 없다.

문이 열려 있는 동안 얼른 뽀뽀해야 돼서 사진 찍기 힘들었다.

미국에서 날아온 나와 언니의 남동생들을 포함한 하객들이 서서히 도착하기 시작했고, 우리는 함께 신부 대기실에 앉아 그들을 맞이하였다. 대기실에 대해서도 플래너와 몇 차례 상의했었다. 방에 가만히 앉아 있으니 인형이 된 기분이라 불쾌했다는 주변인의 말을 들었던 터라 어떻게 할지 둘이 고민을 하고 있는데, 언니가 명쾌한 해답을 주었다. 발이 아플 테니 앉아 있자고 했다. 돌이켜보니 참으로 탁월한 선택이었다. 역시 배우자 말을 들어서 손해 볼 건 없다.

12:00 PM 예식 시작

100명 넘는 하객이 참석하는 레즈비언 웨딩은 나도, 언니도, 플래너도 처음이라 걱정되는 부분이 몇 가지 있었다. 나는 KBS 9시 뉴스에도 얼굴을 공개한 반면 언니는 보수적인 분위기의 회사에 다녀 혹시라도 사진이 찍힐까 봐 걱정이 되었다. 하객 중에서도 성소수자가 많아 결혼식장에서 아는 사람을 만났을 때 곤란해질 수 있을 것 같았다.

1. 의자를 차지 마세요. 호텔 의자라 비싸답니다.

2. 사진은 지정된 사람만 찍어주세요.

3. 하객의 성 정체성에 대한 추측은 하지 말아주세요.

위와 같은 세 가지 안전 수칙을 유쾌한 영상으로 만들었다. 딱딱하게 수칙을 읽으면 축하하는 마음으로 와준 하객들에게 실례일 수 있겠다고 생각해서였다. 이런 마음이 잘 전달되었는지, 다들 영상을 보면서 웃는 소리를 먼발치에서 들을 수 있었다.

신부 입장이 선언되었고, 나는 한껏 눈웃음을 지으며 걸어 나갔다. 여기까지는 울지 않고 식을 치르겠다는 나의 야심 찬 계획이 성공하는 듯했으나, 이는 언니가 혼인서약서를 읽으면서 바로 무너지고 말았다. 집에서 읽었던 언니의 서약은 분명히 나를 만나 사랑에 빠져 평생을 함께하고 싶어졌다는 귀여운 내용이었다. 그

엉엉흑흑찡찡

런데 언니가 간신히 울음을 참으며 한 자 한 자 천천히 읽어내려가는 모습을 보니, 같은 내용도 전혀 다르게 전달이 되고 나 역시 눈물이 고이기 시작했다. 부케를 받은 내 친구는 그 장면을 보고 '결혼식 때 내 신랑도 나를 만나 결혼하게 되어 너무 좋다고 울었으면 좋겠다'라는 생각을 했다고 한다.

우리가 선택한 축가가 윤종신의 「오르막길」인 점도 내 표정 유지에 전혀 도움이 되지 않았다. 앞으로 어려운 일이 많겠지만 서로만 바라보며 이겨내자는 내용을 담아 많은 결혼식에 채택되는 이 노래에는 이런 가사가 등장한다.

"사랑해 이 길 함께 가는 그대, 굳이 고된 나를 택한 그대여."

나는 선택의 여지가 없이 눈물 콧물 범벅이 되었다. 고개를 45도

꺅!

숙여 눈물을 떨어뜨리는 방법으로 해결될 수준이 아니었다. 연신 나의 화장을 고쳐주던 헬퍼분에게 다시금 감사의 인사를 보낸다.

반지를 교환하고 키스를 한 뒤, 사회자가 우리가 부부가 되었음을 선언하였고 사진 촬영과 함께 부케 던지기가 진행되었다. 그렇게 우리 결혼식은 여느 웨딩처럼 키스와 함께 170명분의 박수를 받으며 마무리되었다. 내가 온 마음을 다해 원했던, 가장 보통의 결혼식이었다.

결혼이란 무엇일까? 이런 질문에서 시작된 우리 부부의 결혼을 위한 여정은 이렇게 해피 엔딩으로 마무리되었다. 결혼, 정말 무엇일까? 이에 대한 대답은 나의 혼인서약서로 대신한다.

사랑하는 언니에게

결혼이란 무엇일까?

우리는 지금 웨딩드레스를 입고 하객들 앞에 서 있지만
내일 같이 구청에 가서 혼인신고서를 제출하면 거절당할 거야.
마일리지 합산도, 신혼부부 대출도, 수술 시 동의도, 사망 시 상속도
안 되겠지. 함께하다 보면 분명 힘든 일이 많을 거야.

하지만 원래 인생이 그런 거 아닌가?

마일리지 합산이 안 된다면 내가 언니 카드로 적립을 할게.
신혼부부 대출이 안 되지만 1주택 세금으로 2주택을 보유할 수 있어.
수술 시 동의를 못 하게 하면 아는 사람이 있는 병원으로 가자.
사망 시 상속 순위가 밀린다면 미리 공동 명의로 법인을 설립할게.
힘든 일이 많겠지만 함께 해결하지 못할 일은 없을 거야.

우리는 지금 서로가 골라준 웨딩드레스를 입고
우리를 축하해주는 하객들 앞에 서 있어.
결혼은 이런 게 아닐까?

우리의 결혼은 행복할 거야.
나랑 즐겁게 살아보자.
사랑해.

2019년 11월 10일
신부 김규진

#결혼식 어땠어?

같은 사건을 겪더라도 그에 대한 기억은 다르게 남는 법이다. 우리 부부가 경험한 결혼식은 '팟!'이라는 한마디로 정리될 수 있었다. 나는 흥분해서, 그리고 와이프는 긴장해서 머리가 새하얘진 상태로 시키는 대로 걷고 인사하다 보니 어느새 팟! 하고 끝이 나 있었다. 사진을 보며 기억을 끌어모아 글을 쓰긴 했지만 사실 당시에 무슨 생각을 하고 어떤 감정을 느꼈는지 정확히 남아 있지는 않다. 보다 맨정신으로 결혼식을 지켜본 측근들의 도움을 받기로 했다.

함께 얘기를 나눌 대상은 신중히 골랐다. 가능하면 다양한 사람들의 얘기를 들어보고 싶었다. 우선 결혼식을 가장 가까이서 지켜본 사회자 친구를 섭외하였다. 결혼식 사회를 여러 번 맡아본 만큼 이성애자 웨딩과는 어떻게 달랐는지 비교도 해보면 재밌겠다 싶었다. 또, 우리보다 세 달 전쯤 동성 결혼식을 올린 학교 선배 커플도 초대했다. 이미 결혼한 레즈비언 커플이 느낀 점은 또 다를 것 같았다. 마지막으로 일반적인 하객을 대변할 수 있는 구 직장 동료를 불렀다.

다들 이렇게 시간 내주셔서 감사해요. 다름이 아니라, 지금 쓰고 있는 책에 주변인들이 우리 결혼과 결혼식을 어떻게 보았는지에 대해 담으려고 해요.

사회자 | (웃으며) 규진이는 어색해서 연기는 못하겠다.

너는 조용히 해. 우선, 제가 결혼을 하겠다고 얘기했을 때 다들 어떤 생각이 들었는지가 궁금해요. 사실 좀 뜬금없었잖아요. 스물아홉 살에 결혼이면 요즘 좀 빠른 편이기도 하고.

학교 선배 | 나는 사실 좀 빡쳤어. 너네가 우리 새치기했잖아! 미국에서 여자친구한테 청혼하고 이제 1년 뒤에 결혼식이랑 혼인신고를 해야겠다 계획하고 있었는데, 갑자기 규진이가 뉴욕 가서 신고하고 왔다고 새치기가 딱 들어온 거예요. 청혼할 때 신고를 해야 됐어.

그래도 결혼식은 선배보다 나중에 했잖아요. 변명해보자면, 신고는 그냥 뉴욕에 놀러 가는 김에 했어요. 신혼여행이랑 혼인신고를 같이 하려면 갈 수 있는 곳이 하와이 정도밖에 없는데, 저는 세이셸에 꼭 가고 싶었거든요. 새치기는 아

유, 죄송해요.

학교 선배 | 뭐 그래도 결혼식은 좋았습니다. 음식이 아주 맛있었어요.

직장 동료 | 나는 평소 규진이 결혼에 대한 야망이 있다는 걸 알고 있어서 결혼한다는 사실 자체가 놀랍지는 않았어요.

사회자 | 어, 맞아요. 맨날 결혼 결혼 얘기해서. 근데 말은 못 했지만 조금 빨라서 놀라기는 했어.

와이프 | 저희 엄마도 그걸로 혼냈어요. 이성애자도 이렇게 빨리 결혼 안 한다고.

사회자 | 그러니까요. 규진이가 사귀기 전에도 '연하는 역시 직진이겠지?'라며 일주일 만에 고백하더니, 갑자기 두 달 지나서 결혼한다고 하고. 네가 이성애자였으면 뜯어말렸을 거야. 결혼하기 전 사계절은 겪어봐야 한다는 국룰이 있는데 말이야.

야, 나는 국룰상 결혼할 수 없는 사람이야!

사회자 | 그래서 안 말렸지. 트루러븐가? 해서.

선배 와이프 | 나는 레즈비언 입장에서 좀 재밌었어. 미국에는 레즈비언 커플이 첫날 데이트를 하면 둘째 날 짐을 싸 들고 와서 동거할 정도로 빨리 합친다는 농담이 있는데 여기에 너무 맞아떨어져서.

뭐 그건 부정하지 않겠습니다. 그런데 선배네도 일찍 결혼했잖아요!

(일동 폭소)

결혼식 때 인상 깊었던 점은 무엇인가요?

직장 동료 | 아무래도 서약이 아닐까? 규진 잘 울잖아. 그런데 안 울겠다고 팩트를 짚어가면서 사회적으로 어려움이 있더라도 잘 이겨나가겠다는 플랜을 공표하는 게 감동적이고 귀여웠어.

사회자 | 나는 언니 서약이 좋았는데! 사실 사회 보면서 울었거든. 진짜 울지 않으려 노력했는데, 눈물은 간신히 참았지만 콧물이 계속 나는 거야. 언니 서약 중에 '처음과 같이 이제와 항상 영원히'라는 글귀가 있는데 이게 천주교 영광송의 일부잖아. 영원히 찬미하겠다는 내용인데, 그런 마음으로 너를 사랑하겠다는 거라 감동적이었지.

와이프 | 모태 신앙이랍니다.

어, 나 진짜 지금 반성하고 있어. 나는 그거 보면서 소녀시대 인사말인 '지금은 앞으로도 영원히 소녀시대' 생각했거든. 이렇게 아름다운 말이었는데…….

(일동 싸늘)

사회자 | 으휴. 이래서 레퍼런스를 잘 알아야 해.

선배 와이프 | 서약도 아름다웠는데, 나는 호텔에 있는 다른 사람들의 반응이 흥미로웠어. 결혼식 시작 전에 웨딩 사진을 찍을 때 지나가던 아가들이 구경하는데 부모들이 그냥 두더라고. 패션 화보 촬영인 줄 알고 그랬을 수도 있지만.

아니면 우정 사진이라든지. 웨딩드레스 입고. (웃음)

학교 선배 | 나는 그 엘리베이터 신!!! 너무 예쁘고 돈값 하는구나 싶었어.

사회자 | 아, 저는 그것도 있지만, 사회에서의 허용 범위가 여기까지 확대됐구나 싶어서 좋았어요. 엘리베이터는 이 결혼식에 오지 않는 사람들도 사용하는

공간이잖아요. 다 볼 수 있고. 그런데도 호텔 측에서 허용을 했다는 게 참 인상 깊었어요.

메이저 호텔이라 거절할 수도 있다고 생각했는데 쿨하게 준비해주시더라고. 그러고 보니 넌 사회를 많이 해봤잖아. 혹시 준비하거나 사회를 보면서 다른 점이 있었어?

사회자 | 나는 다른 점이 전혀 없어서 정말 놀랐어. 총괄로 보이는 분이 리허설 때부터 공연을 준비하듯 하나하나 체크하는데, 그분이 중년 남자분이었거든. 동성 결혼이 낯설 텐데 프로페셔널하게 준비하시더라고.

맞아, 그분부터 막내 직원들까지 모두 프로다운 모습이 인상적이었어.

사회자 | 아, 막내 직원분들 뒤에서 글썽거리셨어.

직장 동료 | 이모님들은 규진 서약 읽을 때 우셨어요.

다들 세 시간 동안 정이 많이 들었나 봐요. (웃음)

다들 저를 짧게는 5년, 길게는 8년간 봤는데 혹시 결혼 전이랑 후랑 달라진 점이 있나요?

학교 선배 | 편안해 보이는데? 같은 동아리를 다녀서 규진이가 연애에 대한 불만을 저한테 많이 토로했었는데 지금 와이프랑 연애하고 나서는 그런 적이 한 번도 없어요. 와이프한테 해줄 요리 레시피만 물어보고.

저도 그런 걸 느껴요. 독기가 빠졌달까?

직장 동료 | 어, 나 그 얘기 하려고 했어. 예전에는 규진이 긴장하고 무언갈 해

내야 된다는 강박감이 있어 보였는데 이제는 좀 릴랙스 된 느낌.

선배 와이프 | 나는 둘이 사귈 때부터만 봐서 달라진 점은 잘 모르겠어. 항상 행복해 보였는데.

그럼 결혼해서가 아니라 좋은 사람을 만나서 바뀐 걸로 합시다. (와이프한테 윙크)

사회자 | (아유의 손짓) 우우-

학교 선배 | 근데 규진이가 결혼을 잘하긴 했죠. 주관적으로도 객관적으로도.

사회자 | 맞아 맞아, 객관적으로 엄청나게 잘했지.

맞는 말입니다. 반대로 언니는 객관적으로는 좀 못한 거 같긴 한데…….

(일동 폭소)

이후 인터뷰는 잡담으로 이어져 세 시간이 지나서야 끝이 났다. 정리를 위해 녹음본을 다시 듣다 보니 우리가 참 많이 웃었음을 알 수 있었다. 다양한 배경과 성 정체성의 사람들이 모였고, 그중에는 서로 처음 보는 이들도 있었지만 모두 한마음으로 깔깔댔다. 독기가 한껏 빠진 지금, 글은 전보다 쉽게 써지지 않지만 더없이 행복하다.

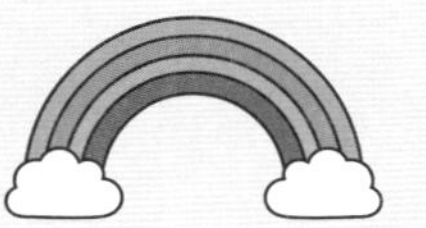

3

★

해보기 전엔
모르는 거야

#스물여덟 살, 암에 걸렸다

[WEB발신]
김*진
산정특례번호: 0118******
적용기간: 2018.09.07 ~ 2023.09.06
국민건강보험

스물여덟 살 생일을 한 달 앞두고, 위의 문자와 함께 갑상선암 확진을 받았다. 8월에 받은 정기 건강검진 때 갑상선에 2센티 크기의 결절이 발견됐었다. 그 전년도에는 분명히 초음파 결과가 깨끗했는데, 20대의 건강한 청년이라 그런지 결절이 무럭무럭 자라는 모양이었다. 소견에 따라 주변 병원에서 조직 검사를 받았는데, 보시다시피 암이 맞다는 결과가 나왔다.

담당 의사가 진단 결과를 알려주었을 때 내 심정은 덤덤하게 '그렇구나'였다. 건강검진 결과를 받은 뒤부터 조직 검사 결과가 나오기 전 약 일주일 동안 갑상선암에 대해 찾아봤다. 문제 되는 부위를 다 잘라냈을 경우에도 적절한 치료와 투약을 이어가면 위험하지는 않다는 의견이 대부분이었다. 혹시나 해서 찾아본 10년 이상 생존율도 일반 인구 대비 0.1%P가 높았다.• 보험사에서도 유사암, 혹은 소액암으로 분류하여 다른 암의 반도 안 되는 진단비를 책정하고 있었다. 안타깝게도 새 차를 뽑을 일은 없어 보였다. 이렇게 정보 탐색을 통한 마음의 준비를 했기에, 확진 판정을 받았을 때 앞으로 겪을 일들이 조금 걱정이 되기는 했지만 크게 흔들리지는 않았다.

오히려 직장 동료, 친구, 그리고 가족들이 깊은 걱정과 위로의 말을 건넸다. 그럴 때마다 나는 그들을 안심시키기 위해 농담을 하곤 했다. "일하면서 맨날 이러다 암 걸리겠다고 했는데 정말 암에 걸렸네요. 하하!" "에이, 약을 먹게 되면 체중 감량의 기회라고 생각하죠, 뭐"(갑상선기능저하증에 복용하는 약의 부작용 중 하나로, 이 밖에도 심리적 불안 및 메스꺼움 등이 있으므로 사실 당사자 외에는 농

• 보건복지부 중앙암등록본부, 2019년 12월 발표 자료.

담할 거리가 아니다) 등의 대답을 했던 것으로 기억한다. 나를 위한 농담이기도 했다. 죽을 확률이 아주 높은 것도 아니고 결국에는 의사에게 맡길 수밖에 없는데 괜히 미리 우울할 필요는 없으니까.

아는 분의 소개를 통해 국내에서 손꼽히는 의사에게 수술을 받기로 했고, 이후 3주간 병가를 내기로 회사와 협의를 했다. 병원에서는 일주일만 쉬어도 일상생활에 지장이 없다고 했지만 부장님과 이사님이 길게 쉬고 완전히 회복해서 돌아와야 한다고 만류했다. 배려를 받아 긴 병가를 받았으니, 내가 자리를 비웠을 때 문제가 없도록 미리 업무를 정리하자는 마음으로 일에 매진했다. 컨디션을 잘 유지하는 것 외에 걱정할 일은 없어 보였다. 그러던 하루, 부장님이 잠시 대화를 하자고 나를 회의실로 불러내었다.

"규진, 요새 팀원들에게 날카롭게 대하는데, 결국에는 병가 기간 동안 규진을 도와줄 사람들이에요. 그리고 본인은 아무렇지도 않은 것처럼 말하지만 갑상선암은 수술을 받아야 하는 큰일이에요. 실제로 요즘 감정이 불안정한 걸 보면 영향을 받는 거 같아 걱정이 되는데, 잘 생각해봤으면 좋겠어요."

최근 며칠간 나의 행동을 돌아보았다. 확실히 평소와는 달랐다. 같은 팀 동료에게 지적하는 메일을 보냈는데, 평소라면 고쳐달라고 가볍게 얘기할 사소한 표기 오류였다. 일이 마음만큼 진척되지 않으면 초조해 손톱을 물어뜯곤 했다. 마감 전이나 휴가 가기 전에 으레 겪는 조급함이라고 생각했는데, 부장님 말을 들으니 그게 아닐 수도 있겠다는 생각이 들었다. 갑상선암이 생각보다 내게 큰 영향을 끼치고 있는 듯했다.

당시 록밴드 퀸의 일대기를 담은 영화 「보헤미안 랩소디」가 선풍적인 인기를 끌고 있었다. 타이밍 좋게 당시 사귀던 여자친구에게 이별 통보를 받은 터라, 겸사겸사 혼자 영화를 보는 새로운 도전을 해보기로 했다. 내 취향은 아니지만 사람들이 좋아할 만하다는 감상을 느끼던 차, 주인공 프레디 머큐리가 HIV 양성 판정을 받고 두려워하는 장면이 나왔다. 왠지 모르게 눈물이 나기 시작했다. 영화 막바지의 긴 콘서트 시퀀스 내내 알 수 없는 눈물을 줄줄 흘리며 깨달았다. 나는 무섭고, 외로웠다. 죽을병이든 말든 암 수술을 받아야 한다는 사실 자체가 무서웠고, 한국에서 연인도 가족도 없이 혼자 기다리는 시간이 외로웠다. (이때 기억 때문일까, 나에게 「보헤미안 랩소디」는 '게이가 병 걸려 죽는 영화'로 남아 있다.)

수술 일주일 전에 알게 된 이 감정을 어떻게 대해야 할지 고민하다 친구들에게 연락했다. 내가 방금 영화를 보다 느꼈는데, 사실은 아주 무섭고 외롭다고 털어놓았다. 해외에 사는 친구도, 야근 중인 친구도, 염치없게 몇 개월 만에 연락한 친구도 있었지만 모두 바로 괜찮다고, 나라도 그럴 거라고 답장해주었다. 부정적인 감정에 몰입하고 이를 확산하면 득이 될 것이 없다 생각했었다. 그러나 내 외로움과 두려움을 마주하고 주변인에게 공유하는 과정은 너무나도 확실한 이득을 주었다. 수술 성공 확률이 올라가지도 않고 보험금이 많아지지도 않았는데, 이상하게도 마음만은 안정이 되었으니 말이다.

인생을 현실적이고 해학적인 자세로 살아가려 노력하는 편이다. 지갑을 잃어버리면 짜증 내는 대신 최근에 들렀던 가게에 전화해보고, 결국 찾는 데 실패하면 더 예쁜 새 지갑을 살 기회라고 생각해왔다. 일련의 사건을 거치면서 이 '현실'에 나의 감정도 포함되어 있다는 걸 깨달았다. 갑상선암 5년 상대 생존율이 100.1%인 것도 현실이지만, 그와 별개로 내가 수술을 앞두고 불안한 것 역시 현실이다. 해학은 도움이 되지만, 내 감정을 외면하는 행위가 되어서는 안 되었다.

암에 걸린 일에 관해 누군가 물어보면, 나에게 꼭 필요한 경험이었다고 얘기한다. 그리고 이건 억지 해학이나 허세가 아닌 있는 그대로의 내 생각이다. 농담처럼 체중 감량이 되지는 않았지만, 내 감정과 삶의 자세를 돌아볼 소중한 기회였다. 그리고 무엇보다, 주변인의 위로와 지지가 얼마나 소중한지 체감하게 되었다. 누군가가 힘든 순간에 나에게 도움을 요청한다면, 바쁘더라도 꼭 따뜻한 한마디를 해주어야겠다는 당시의 다짐을 되새겨본다.

#김규진, 29세, 한국 국적 유부녀 레즈비언

블로그를 열기로 했다. 기획서와 함께 피칭한 프러포즈를 성공하고, 본격적으로 결혼식 준비를 하려고 관련 자료를 찾아보았다. 취미와 업무 양쪽으로 단련되어 검색 능력만큼은 자신이 있었는데 도움이 되는 정보를 거의 얻지 못했다. 어찌 보면 당연했다. 일반적인 웨딩의 경우에도 견적 같은 구체적인 정보는 각종 인증 절차를 거쳐 폐쇄적인 커뮤니티에 가입해야만 접근할 수 있는데, 그의 반의반의 반도 안 될 레즈비언 웨딩 관련 정보가 떡하니 잘 준비되어 있을 리가 만무했다. 웨딩드레스 두 벌 기준 견적 같은 건 업체에 물어보는 수밖에 없었다.

결혼이 아니더라도 그랬다. 퀴어 프렌들리한 회사를 선별하는 법이나 쉽게 커밍아웃하는 방법을 다루는 공개된 글은 아주 적었다. 항공 마일리지 잘 쌓는 법도 수만 건의 검색 결과를 얻을 수 있는데, 성소수자의 인생에 이렇게나 중요한 팁을 찾을 수 없다니 문제였다. 물론 퀴어 커뮤니티에서는 알음알음 게시글이 올라오곤 했지만, 폐쇄적인 특성상 갓 정체성을 깨달았거나 커뮤니티 가입이 부담스러운 사람들은 정보 탐색의 창구가 극히 제한되어 있었다.

목마른 놈이 우물 판다고, 내가 살면서 알게 된 소소한 팁이나 결혼하면서 겪은 일이라도 먼저 공유하기로 했다. 아무리 적은 정보도 누군가에게는 도움이 될 수 있고, 그들이 나중에는 자신의 얘기를 또 알릴 수도 있지 않을까? 그리고 성소수자가 아닌 사람들이 우연히 내 글을 읽게 되더라도, 세상에는 이런 사람들도 있구나 하고 우리의 존재에 대해 한 번 더 생각해볼 것이었다.

최대한 짧은 시간 내에 최대한 많은 사람에게 내 정보를 공유하고 싶었다. 이왕 하는 일, 잘하고 싶었다. 콘텐츠의 특성상 포털 사이트에서 홍보해줄 리는 만무했고, 맛집이나 뷰티 블로그처럼 자연스레 검색에 잡힐 가능성도 적어 보였다. 알아서 해야만 했다. 내가 내린 결론은 신상 팔기였다.

김규진. 29세. 한국 국적 유부녀 레즈비언. 왜 아무도 레즈비언으로 잘 사는 법을 알려주지 않는지 궁금해하다, 그냥 제 이야기를 공유하기로 했습니다.

위와 같은 자기소개를 쓰고 프로필에는 내 사진을 올려놓았다. 어떤 제정신 아닌 사람이 대한민국에서 자기 얼굴과 실명을 다 까고 레즈비언임을 소리 지르고 다니는지 궁금해서라도 클릭을 하지 않을까 하는 기대가 있었다. 이미 팔로워를 제법 가지고 있는 선배한테 홍보를 요청했고, 즉각적으로 반응이 왔다. "레즈비언 커플은 법적 결혼이 안 되니 1가구 1주택 세금만 내면서 1가구 2주택 가능"이라든지 "스드메 비용이 두 배라 웨딩 업계에서 대환영" 따위의 해학적 농담이나 커밍아웃 잘하는 방법 등이 빠르게 공유되기 시작했다.

휴, 이대로 가다 보면 동성애자뿐만 아니라 전 국민이 레즈비언 웨딩 꿀팁을 읽게 되겠군, 같은 실없는 생각을 하던 중 생각지도 못한 일이 일어났다. 홍보 창구로 쓰던 여러 SNS 중 한 곳에서 내 블로그를 차단했다. 사유는 '커뮤니티 규정 위반'이었다. 무슨 규정이 있나 살펴보니 콘텐츠가 불법성을 띠거나, 사람들에게 불쾌함을 유발한다든지, 지적재산권을 침해할 경우 차단이 된다고 했다. 내 블로그에는 당연하게도 불법적인 내용이 없었으며, 저작권을 의식하여 첨부하는 사진들도 모두 직접 찍거나 돈을 지불하였거나 상업적 사용까지 허가하는 스톡 사진 사이트에서 찾아 올렸다. 그렇다면 내 콘텐츠가 불쾌하다는 걸까? 하지만 저 SNS는 일간베스트 링크도 버젓이 가능한 곳이었다. 레즈비언 웨딩 블로그, 일베보다 불쾌하다!

아무리 생각해도 내가 성소수자라서, 레즈비언이라는 단어가 무슨 이유에선지 자극적이거나 불쾌한 키워드로 받아들여져서 차단되었다고밖에 결론을 내릴 수가 없었다. 전의가 불타올랐다. 글로벌 CEO에게 택배를 보내서라도 차단을 해지시키겠다고 결의했다. 당장 생각할 수 있는 모든 수를 실행으로 옮겼다.

1. **SNS 내 공식 Q&A:** 답을 받을 때까지 아주 오랜 시간이 걸리기로 유명하다. 우선은 정식 항의를 하는 의미에서 문의 글을 작성하여 보내두었다.

2. **공론화:** 혹여 관계자가 관심을 가지거나, 해결책을 아는 사람이 나타날까 하여 해당 사건에 대해 글을 썼다.

3. **콜드콜:** 해당 SNS의 다양성 및 고객 커뮤니케이션 담당자에게 정중하게 메시지를 보냈다. 내 신상과 상황을 설명하고, 해결책을 혹시 아는지 문의하였다.

4. **지인 찬스:** 알아보니 그 회사에는 내부적으로 오류를 리포팅 할 수 있는 시스템이 있었는데, 한 다리 건너 아는 지인이 자신이 리포트를 해보겠다고 선뜻 나서주었다.

약 이틀간 위와 같이 수단과 방법을 가리지 않고 각종 항의를 접수한 결과, 블로그 차단이 풀렸다. 목적을 달성했으나 뒷맛이 개운치 않았다. 이렇게 바로 해지가 될 것이라면 애초에 무슨 연유로 레즈비언 결혼 블로그가 차단감이라고 판단한 것인가? 신고 누적으로 자동 차단이 되었다고 보기에는 일간베스트 같은 사이트도 버젓이 접근이 가능했고, 자체 스크리닝 알고리즘이 있다고 보기에는 내 블로그에 욕설이나 외설적인 사진이 하나도 없었다. 해당 회사 직원들은 문제 해결을 위해 성심성의껏 나를 도와주었으며 이에 대해 깊은 감사를 느끼고 있지만, 만약 내가 아는 직원이 없고 연락할 방법도 없었다면?

비단 이 SNS뿐만 아니라 다른 플랫폼에서도 성소수자 관련 콘텐츠가 차단되는 건 비일비재한 일이었다. 퀴어 영화나 소설을 추천하곤 했던 한 동영상 채널도 커뮤니티 가이드라인을 위반했다는 모호한 이유로 업로드한 영상 전체를 삭제당하기도 했다. 내가 아는 퀴어 콘텐츠 크리에이터도 별다른 사유 없이 해당 채널에는 광고를 재생하여 수익을 창출할 수 없다는 판정을 받기도 했다. 두 채널 모두 선정적이거나 폭력적인 내용은 없었다. 왜 아무도 나한테 레즈비언으로 잘 사는 법을 알려주지 않았냐는 의문에 대한 답이 어쩌면 누군가에게 이를 알려주는 과정에 장애물이 너무나 많기 때문일 수도 있겠다.

성소수자에 대한 기사가 나면 댓글에는 항상 '남들처럼 조용히 살지 뭐하러 저렇게 시끄럽게 하냐'는 비판이 달린다. 시끄러운 게 뭘까? 내가 SNS 차단 해지를 위해 이 사람 저 사람 붙들고 물어본 게 시끄럽다면 시끄러워 보이긴 한다. 하지만 그러지 않았다면 내 블로그는 영원히 해당 SNS에서 불쾌한 콘텐츠를 공유하는 곳으로 남았을 것이다. 이게 데이터로 남아 추후에 생길 유사한 블로그들을 불쾌 콘텐츠로 낙인찍는 데 도움을 주었을 수도 있다. 그래서 나는 앞으로도 가능한 한 목소리를 크게 낼 것이다. 레즈비언이라도 잘 살 수 있다고, 시끄럽게 살아도 큰일이 없다고.

#2019 김규진 절망 편

#2019 김규진 희망 편

생각보다 별일 없었습니다.

#결혼 좀 했을 뿐인데 9시 뉴스에 나왔습니다

아침에 일어나 출근을 하니 내 사진이 카카오뉴스 메인 화면을 장식하고 있었다.

동성커플 청첩장, 회사에 냈더니…… "축하한다"

떨리는 마음으로 회사에 신청한 신혼여행 휴가가 승인되고 나서 이 기쁜 마음을 모두와 공유하기 위해 냉큼 SNS에 올렸다.

"한국 레즈비언인데 회사에서 신혼여행 휴가랑 경조금 신청 승인받은 썰 푼다!!!!!!!!!!!!!!!!!!!!!"

느낌표 개수만 봐도 내 환희가 느껴지지 않는가? SNS 세계의 사람들도 같은 마음이었는지, 무려 8천여 명이 소식을 공유하며 축하해주었다.

언론사에서 연락이 오기 시작했다. 회사라는 거대한 단체에서 보수적인 한국 사회 분위기에도 불구하고 동성 결혼에도 평상시와 동일한 복지 혜택을 적용했다는 점이 흥미로웠던 모양이다. 최근 큰 화두 중 하나인 가족 형태 다양화와도 맞아떨어지는 부분이 있어 기삿거리로 다루기 적절한 듯했다.

내가 인터뷰를 수락해서 얻을 수 있는 직접적인 이득은 없었다. 기자 친구한테 연락해본 바로는 인터뷰비를 지급하는 것도 아니라 하고, 이슈가 된다고 커리어에 도움이 될 부분도 딱히 없었다. 오히려 보수 단체나 종교 단체의 악플이나 받았으면 받았지.

하지만 나는 인터뷰를 하고 싶었다. 애당초 블로그와 SNS도 보다 많은 사람들이 동성애자의 삶과 동성혼 법제화에 대해 알고 생각해보았으면 좋겠다는 이유로 시작한 것이다. 인터뷰는 보다 빨리 보다 많은 사람에게 내 얘기를 전달할 기회였다.

주변 사람들의 반응이 걱정되긴 했다. 와이프는 보수적인 직장에 다녀 결혼 소식은 물론 성 정체성마저도 주변인들에게 알리지 않고 있었다. 넌지시 기사화 요청을 받았다고 말을 꺼내니 인터뷰하러 가라는 대답이 돌아왔다. 혹시 자신의 정체성이 드러나는 일이 생기더라도 설마 굶어 죽겠냐고, 그건 그때 가서 생각하자는 든든한 말을 덧붙였다. 걱정되지 않을 리 없을 텐데 이렇게 말해주는 와이프가 너무나 고마웠다.

약 2주간 세 건의 인터뷰를 진행했다. 한 시간 동안 끊임없이 말하는 건 생각보다 진이 빠지는 일이었다. 언제 기사가 노출될지는 그날그날 일어나는 사건에 따라 데스크에서 결정한다고 했다. 갑자기 밤사이에 큰일이 생기면 내 얘기 같은 작은 뉴스는 밀리는 식이었다. 기대가 되기도, 걱정이 되기도 했다. 이미 몇 년간 정체성을 오픈하며 살아왔지만, 아는 사람한테 면대면으로 얘기하는 것과 불특정 다수가 기사를 통해 알게 되는 건 차원이 다른 일이었다. 또 한편으로는 신문 1면에 나올 것도 아닌데 너무 큰 걱정을 하는 게 아닌가 하는 생각도 들었다.

며칠 뒤 출근을 하던 중 대학교 후배한테 연락이 왔다.

"선배, 기사 봤어요! 여전히 멋있네요."

"응? 무슨 기사? 어디 올라왔는데?"

"카카오 뉴스 메인에 떴던데요?"

황급히 카카오톡을 켜 뉴스란을 보니 익숙한 얼굴이 메인을 장식 중이었다. 「동성커플 청첩장, 회사에 냈더니…… "축하한다"」라는 제목의 기사에는 댓글이 백 단위로 달려 있었다. 문자와 카카오톡 알림이 울리기 시작했다. 졸업 후 뵈러 간 적이 없는 지도 교수님, 예전에 함께 인턴을 했던 언니, 고등학교 때 같은 반이었던 친구 등 반가운 사람들에게 오랜만에 연락이 와 있었다. 그리고 그중에는 사촌 오빠의 가슴 철렁한 메시지도 있었다. 친척들이 기사를 봐서 많이 놀랐고, 혹시 부모님께 얘기 안 했다면 얼른 알려 드리라는 내용이었다.

와이프한테도 회사에도 인터뷰 전에 미리 동의를 구했지만, 부모님께는 따로 얘기하지 않았다. 내가 동성애자임을 아직 속상해 하는 엄마는 이 소식을 좋아할 리가 만무했다. 굳이 미리 얘기해서 스트레스 받는 기간을 늘릴 필요는 없다고 생각했다. 아빠가 이해해주리라 믿고 진행한 면도 있다. 커밍아웃했을 때부터 결혼 소식을 알릴 때까지, 아빠는 항상 내 편을 들어주었으니까. 그리고 역시나 연락을 하니, 늦게 알게 되어 조금 섭섭하지만 나를 응원한다고 얘기했다. 역시 아빠야.

기사가 생각보다 많은 사람에게 읽혀 이후로도 다양한 매체로부터 연락이 왔다. 대부분은 거절했다. 나는 이미 인터뷰 세 개를 하며 지쳐 있었고, 굳이 똑같은 얘기를 여러 번 반복할 필요성을 느끼지 못했다. 그러나 어떤 연락은 무시하기 힘들었다. 자신이 KBS 문화교양부 기자임을 밝히며 정중하게 시작한 메일은 다양한 형태의 가족이 많아지는 요즘, 이에 대한 이야기를 다룰 필요를 느끼고 있으며 그중 하나의 사례로 나를 인터뷰하고 싶다는 요청이었다. 9시 뉴스에서 방영되게 하겠다는 포부 역시 흥미를 끌었다. 공영방송의 메인 시간대 뉴스라는 상징적인 곳에서 동성 결혼 소식을 다룬다니 근사했다.

제안을 수락하고 나니 아빠 생각이 났다. 이전에 기사를 냈을 때는 늦게 얘기해서 섭섭해하셨으니, 이번에는 너무 놀라지 않도록 미리 얘기하기로 했다.

"아빠, 나 이번에는 KBS 뉴스에 나올 예정이야. 무슨 얘기가 될지는 아직 모르는데, 아마 이전 기사들이랑 비슷한 내용일 것 같아."

바로 답장이 왔다.

"규진아, 이건 선을 넘었다."

심장이 덜컥 내려앉는 느낌이 들었다. 아빠는 난생처음 보는 냉정하면서도 격양된 말투로 얘기를 이어갔다. 공중파는 너무 심한 것 아니냐, 네가 이렇게까지 해야 되는 이유가 있냐, 와이프 생각은 안 하냐, 지금 내 생각을 해서 이런 게 아니고 네가 위험해지는 게 걱정돼서 그러는 거다, 아빠가 더 이상은 용납할 수가 없다.

부정적인 반응에 당황했지만 찬찬히 내가 수락한 이유를 설명하고, 언니가 나를 응원하며, 걱정될 수는 있겠지만 이건 결국 내가 장기적으로 행복하기 위해서 하는 일이라 답했다. 어차피 반에 한 명씩 있을 정도로 흔한 한국인 외모니 뉴스 좀 탄다고 누가 알아보고 해코지하지는 않을 거라 했다.

"네 마음대로 해. 앞으로 내가 너한테 말 걸 일은 없을 거다. 알아서 잘 살아라."

대화는 이렇게 끝이 났다. 엄마에게서 지금이라도 잘못했다고 하고 인터뷰를 취소하라는 다급한 연락이 왔다. 하지만 나는 이해가 되지 않았다. 차라리 아빠가 내가 동성애자인 게 부끄럽고, 주변에 이 사실을 알리고 싶지 않다고 했다면 고민을 해봤을 것이다. 하지만 내가 걱정돼서 말리는 것인데 나와 의절하는 걸로 결론이 나다니. 심지어 아빠는 평소 나를 지지하고 응원해주는 사람이었다.

혹시 내가 별것도 아닌 일로 중요한 걸 놓치고 있나, 사실 아빠가 하는 말이 맞는 게 아닌가 하고 내 선택을 되돌아보았다. 아무리 생각해봐도 내 결정에 그른 부분은 없었다. 아니, 오히려 옳았다. 물론 내가 이 인터뷰를 반드시 해야만 하는 이유는 없다. 내가 아니라도 언젠가 누군가가 자신의 동성 결혼에 관해 공중파 인터뷰를 하게 될 것이다. 하지만 그 누군가가 5년 뒤, 10년 뒤에 나온다면? 그리고 나는 이미 기사로 얼굴 다 팔렸는데 내가 하는 게 제일 간편하지 않나? 무슨 순교자로 효수당하는 것도 아니고 티비에 얼굴 좀 비춰서 동성 결혼 공론화해보겠다는데.

인터뷰는 무사히 KBS 9시 뉴스에 방영되었다. 많은 사람의 거실에 내 소식이 노출되었다. 친구 어머니, 심지어는 할머니가 방송을 보고 응원의 말을 전해왔다. 정작 부모님한테는 응원받지 못했는데 말이다. 남은 건 악플 만 개와 아빠와의 절연이었다.

하지만 결혼 기사를 내고 반가운 소식을 듣기도 했다. 한 레즈비언 커플이 자신이 다니는 회사에 신혼여행 휴가를 신청해 승인받았다고 했다. 헬스장에서 레슨을 받다 기쁨에 겨워 소리를 질렀다. 얼른 런지 1세트를 더 하라는 트레이너의 말에 금세 흥분이 잦아들었지만 말이다. 즐거운 얘기들이 알음알음 들려오기 시작했다.

"규진아, 레즈비언 친구가 네 기사 보고 여자친구한테 프러포즈하려고 반지 샀대."

"동성애자는 당연히 결혼 못 하는 건 줄 알았는데, 규진 님 얘기를 듣고 생각이 바뀌었어요!"

후회는 없었다. 악플은 고소하면 그만이었다. 기사에는 내 사진과 실명이 빤히 나와 있어 악성 댓글을 쓴 사람들이 처벌될 확률도 높았다. 하지만 아빠와 연락이 끊기는 건 마음이 무너지는 기분이었다. 주말 내내 티비 보다 울고, 핸드폰 게임 하다 울고, 밥 먹다가도 울었다. 사실 쓰는 지금도 눈가가 촉촉해진다. 하지만 내가 나 자신 그대로 숨기지 않고, 가끔은 용기를 내며 살아간다면 언젠가는 일어났을 필연적인 일이라는 생각이 들었다. 무엇보다, 이제 내 곁에는 사랑하는 언니가 함께였다. 그거면 충분했다.

+ 몇 달 뒤 아빠에게 연락이 왔다. 술을 마시니 딸 목소리가 듣고 싶어졌다고. 내 결혼식에도 참석하지 않았는데 이제 와서 사이를 회복할 수 있을지 의문이 들었다. 옆에 있던 언니가 그래도 아빠가 용기를 냈으니 받아주어야 한다고 했다. 생각해보니 언니도 반년 전 결혼 소식을 전하면서 부모님과 의절했는데 그 이후 연락이 없었다. 아빠에게 잘 지내냐고 문자를 보냈다.

#사이다와 고구마 사이

아이돌 팬 활동을 하며 알게 된 삶의 지혜 중 하나는 악플은 보지 않고 대리인을 통해 고소하는 게 상책이라는 것이다. 자신에 대한 비난을 수천, 수만 건씩 읽다 보면 아무리 튼튼한 사람이라도 상처를 받기 마련이니까. 그래서 나도 굳이 내 결혼 관련 기사에 달린 댓글을 읽지 않고 변호사 친구에게 고소할 만한 내용만 골라 저장해달라고 부탁했다. 친구 돈도 벌어다 주고 나도 믿을 만한 사람한테 맡기고, 일석이조의 묘수로 보였다. 그런데 처음에는 몇백 개에 불과했던 댓글이 순식간에 수천 개로 불어났다. 첫 기사뿐만 아니라 연이어 올라온 다른 인터뷰들도 마찬가지로 천 단위의 코멘트가 달렸다. 두 가지 생각이 들었다. 하나, 가벼운 마음으로 친구한테 맡길 수 있는 양이 아니겠다. 둘, 대체 무슨 댓글이 달리고 있는 걸까?

주변인들은 모두 내가 악플을 읽는 걸 만류했다. 자신이 봐도 깜짝 놀랐고 속상한데 당사자인 너는 어떻겠냐고 했다. 어떤 꼴인지 충분히 짐작이 갔다. 아무 뉴스나 클릭해도 원색적인 욕설이 한가득한 마당에, 여자 둘이 결혼한다는데 다 같이 축하하고 있지는 않겠지. 그래도 알고 싶었다. 우리를 혐오하는 사람들이 어떤 자들이며 무슨 말을 하는지. 비난에 대한 근거는 제시하는지, 변할 가능성이 있는지. 변호사 사무실을 통해 일을 제대로 진행하려면 고소하고자 하는 수위를 내가 정해줘야 하기도 하겠고.

총 세 건의 기사를 내면서 내가 받은 댓글의 수는 약 12,000건이었다. 이 중 가장 많은 7,864개의 리플이 달린 특정 기사의 댓글 중 300개를 무작위로 추출하여 주관적인 기준하에 분류해보았다. 먼저 전체를 부정, 긍정, 중립으로 나누어 본 뒤 부정 댓글은 주로 어떤 내용인지 살펴보고, 그러한 부류의 댓글을 다는 사람들이 다른 기사에는 어떤 말을 남기는지 추가로 보았다. 참고로 나는 통계학에 대한 그 어떤 전문성도 없다는 점을 밝혀둔다.

전체 댓글 유형

전체 댓글 중 부정 의견이 74.7%로 압도적이며, 긍정 의견이

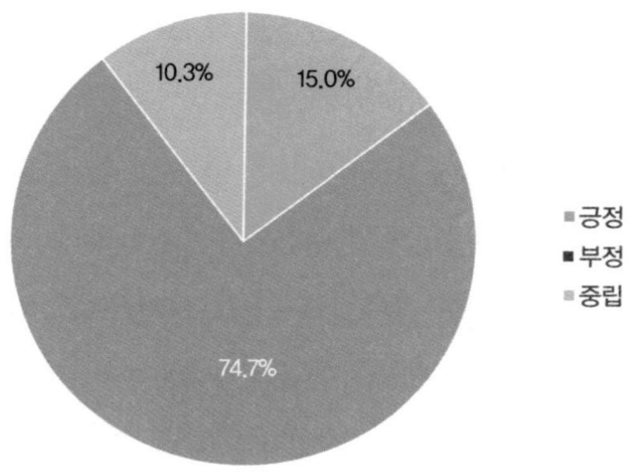

15.0%, 중립 의견이 10.3%를 차지하였다. 부정, 긍정, 중립을 나누는 건 순전히 내 주관이지만, 극단적인 의견 표명이 대부분이라 분류에 큰 어려움은 없었다.

2019년 한국갤럽의 조사에 따르면 대한민국 국민 중 동성혼 법제화에 찬성하는 사람이 35%, 반대하는 사람이 56%, 그 외 의견이 10%인데 해당 데이터보다 부정 의견 비율이 상당히 높다. 해당 기사가 '연령별 많이 본 뉴스' 리스트에서 20대 순위에는 못 들었으나 40대 순위는 1위까지 한 점을 미루어보아, 중장년층에게 많이 읽혔다는 걸 추정할 수 있다. 동성혼 반대 비율은 연령과 정비례하니, 이 부분이 높은 부정 댓글 비율에 영향을 주었다고 볼 수 있다. 원래 칭찬/응원보다는 비판/비방을 쓸 동기가 조금 더 강하다는 것도 한몫하겠고.

부정 댓글 유형

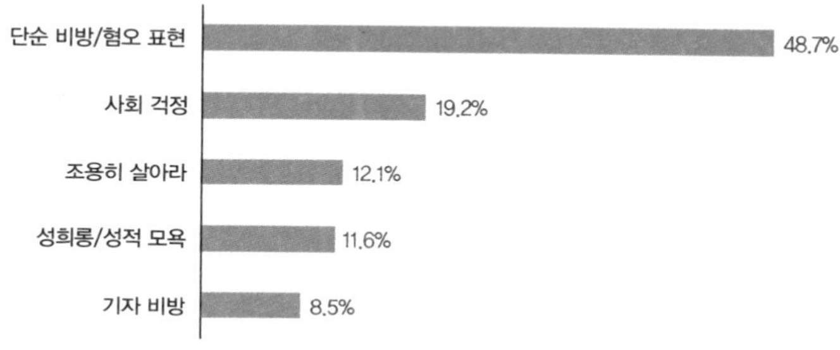

부정 댓글들을 훑어보니 "웩"이나 "토 나온다" 수준의 단순한 비방이 반 정도를 차지하였다. "여자끼리 결혼이라니 사회질서가 무너진다"와 같은 우리 사회에 대한 걱정이 그 뒤를 이었고, 반대는 하지 않겠지만 조용히 살라는 의견, 나와 와이프에 대한 성적 모욕, 그리고 기자에 대한 비방이 있었다. 내 예상과 크게 다르지 않았다. 다들 어쩜 이리 창의성이 없어.

이 사람들을 고소하는 건 참 쉬운 일이지만 조금 더 자세히 알아보기로 했다. 이렇게 못된 말을 하는 자들은 과연 갱생 불가한 악마들일까? 혹시 내 주변의 평범한 사람이지는 않을까? 그렇다면 나는 이들과 함께 살아가야 하니 말이다.

부정 댓글 작성자가 타 기사에 작성한 댓글

카테고리	내 기사 내 대표 부정 댓글	작성자가 다른 기사에 단 댓글
단순 비방/ 혐오 표현	추잡하게 뭐하냐? 퉤.	좌파 빨갱이 놈들 세금으로 뭐하냐?
	정신병자들 ㅉㅉㅉ?	수구꼴통 개새끼들 찢어 죽여라!
사회 걱정	출산율이 떨어지는데 동성 결혼이라니요.	요즘 사회가 너무 삭막해지고 있다.
	시대가 변해도 이건 아니다.	학부모 입장에서는 걱정이 됩니다.
조용히 살아라	윽, 제발 조용히 좀 살아라!	위생관념 철저히 합시다.
	미화할 건 없잖아요? 조용히 삽시다.	저 이슈 덮으려고 알바들 풀었네 썅.
성희롱/ 성적 모욕	딜도 사줘야겠네.	기레기 색기 시발룐아.
	성인용품점에서 기구 사서 쑤시고 그러냐?	개새끼덜아 우리 목사님 욕하지 마라.
기자 비방	이런 기사 쓴 기자는 부모는 있나?	전두환이 그립다~~

사람이 이렇게 입체적이다. 단순 비방이나 성희롱 댓글 작성자들은 보통 다른 기사들에도 원색적인 비난을 일삼았다. 하지만 사회 걱정을 하거나 조용히 살기를 종용하는 사람 중에는 다른 이슈에 대해서는 긍정적이거나 성숙한 의견 표명을 한 경우도 있었다. 역시 호모포비아는 내 친구, 동료, 가족일 수도 있다.

하긴, 우리 이모들만 생각해봐도 그렇다. 이모들은 독실한 기독교인인데 다니는 곳의 교리 중 하나가 동성애자 박해하기로 추정된다. 내 부모님을 포함하여 친척들이 모인 자리에서 종종 동성애자가 왜 지옥을 갈 수밖에 없는지에 대한 밥상 토론회를 주최하시곤 했기 때문이다. 저 구석에 앉아 있는 조카가 지독한 레즈비언인 줄도 모르고. 막상 또 조카가 커밍아웃하고 결혼 소식을 알리니, 이모들은 깊은 고뇌 끝에 나와 내 결혼 생활의 행복을 빌며 축의금으로 그 진정성을 증명하셨다. 사람 일이라는 게 참 이렇다. 자신과 관련 없는 일이라고 생각하니 그런 말들을 하는 것이다.

물론 악성 댓글 작성자 중 일부가 평상시에는 멀쩡한 사람이라는 점이 내가 그들을 고소하지 않을 이유가 되지는 못한다. 오히려 이들이 괘씸해졌다. 만약 내가 젊은 여성이고 동성애자라 고소를 하지 못할 거라는 생각에 쉽게 악플을 썼다면, 소수자를 무시한 셈이라 참으로 화가 난다. 그게 아니라 정말 별생각 없이 못된 말을 쓴 거라면, 역시나 화가 난다. 모름지기 사람은 생각을 하며 살아야 한다. 나는 이들에게 법의 철퇴 맛을 보여주기로 결심했다.

나의 계획을 가족에게 공유하니 의외의 답이 돌아왔다. 무시하는 게 이기는 거니까 제발 고소 같은 건 하지 말고 조용히 지내라는 말이었다. 내가 수천 명에게 비난을 받고 있는데 위로보다 만류가 앞서다니? 나는 의심의 여지가 없는 피해자였고, 가족들에게 의견을 구하거나 변호사 비용을 부담해달라고 한 게 아니라 나의 결정을 알려줬을 뿐이었다. 만약 조언을 덧붙이더라도 그건 걱정이나 응원의 말 뒤에 와야만 했다.

물론 왜 고소를 말리는지는 잘 알고 있었다. 혹시나 피고인 중 하나가 앙심을 품어 나를 해치기로 마음먹는다면 평균 완력의 여성 입장에서 너무 위험한 일이었다. 수사 과정에서 개인 정보가 실수로 노출될 가능성도 배제할 수 없고, 그게 아니더라도 내 SNS를 분석하여 주거지를 알아낼 수도 있었다. 밤거리만 걸어도 무섭고 걱정되는 게 여성의 삶인데, 주로 남성으로 추정되는 악성 댓글 작성자들을 자극했을 때의 위험은 충분히 알고 있었다. 하지만 성소수자에 대한 비난도 처벌받을 수 있고 성소수자도 상처를 받고 고소할 줄 아는 같은 사람이라는 선례를 만들고 싶었다.

나를 도와준 변호사 친구에게는 고기를 사고, 사건을 정식으로 맡길 법률 사무소를 찾았다. 친구들이 소개해준 '푸른봄'이라는 곳은 여성 변호사 네 명으로 이루어진 인선부터 내 마음에 쏙 들었는데, 여성 유명인의 모욕죄 건을 몇 번 담당한 경험이 있어 더욱 믿음이 갔다. 나의 고소 계기와 우려를 변호사들에게 공유하자 수사기관이나 가해자들과 만나는 일을 최소한으로 줄여주겠다고 약속을 했다. 고소 절차는 생각보다 길고 지루할 것이며 악플을 다시 보는 과정에서 여러 번 상처를 받을 수 있다는 주의도 받았다. 상상 속 법의 철퇴와 전달받은 실제 절차는 많은 차이가 있었다.

10월에 변호사 수임 계약을 하였는데 큰 소식 없이 한 달, 두 달이 지나 어느새 이듬해 3월이 되어 있었다. 고소장이 검찰청에 접수되고, 사건이 경찰서로 배당되었으며, 압수영장이 발부되었지만, 코로나19가 유행하면서 수사 과정이 더뎌진 모양이었다. 그 와중 내 SNS에 "악플러들은 언제 처벌되나요? 얼른 사이다 마시고 싶어요!"라는 재촉의 메시지가 들어오기도 했다. 내가 위험을 무릅쓰고 진행한 고소 건이 누군가에게는 대리 만족의 창구로 여겨진 모양이다.

재택근무를 하던 어느 날, 핸드폰에 알림이 하나 떴다. 누군가가 내 블로그에 안부 글을 남겼다는 내용이라 얼른 확인해보았다.

안녕하세요, 저는 작년 모 신문 기사에 ㅇㅇ이라는 닉네임으로 댓글을 달았던 사람입니다. 당시에는 무심결에 그런 글을 올려놓고 잊고 있다가 연락을 받고 다시 들여다봤습니다. 그때는 정상적인 남녀 관계가 더 좋지 않냐는 고루한 생각으로 익명성에 휩쓸려 그만 그런 표현을 하게 됐습니다. 정중히 사과드립니다. 당시 기사를 제대로 읽어보지도 않았었는데 다시 읽어보니 제 딸 연배시군요. 정말 부끄럽습니다. 모쪼록 마음을 푸시고 건강하시기 바랍니다. 조사에 따른 결과는 당연히 받아들이겠습니다만 혹시라도 선처를 베풀어주신다면 정말 감사드리겠습니다. 제 연락처는 000-0000-0000입니다.

한 문단에 대체 킬링 포인트가 몇 군데인지. 나는 실소가 나왔으나 나름 정중한 사과문에 조금 마음이 약해져 그가 작성했다는 댓글을 찾아보았다. 나와 와이프가 남자 성기 맛을 아직 못 봐서 동성애를 하는 것이며, 맛을 본 이후에는 동성애에 만족할 수 없으리라는 내용이었다. 딸뻘 사람에게 쓸 내용으로는 참 부적절하였다. 아니, 나이 및 성별 불문 누구에게도 감히 할 수 없는 말이었다. 잠시나마 약한 마음이 들었던 걸 반성하며 연락처를 변호사에게 넘겼다. 빠른 합의 의사를 보이며 절대로 합의서를 집에 우편으로 보내지 말라는 당부를 했다고 한다. 으이구.

가해자로부터 그토록 기대하던 읍소문이 도착하였음에도 불구하고 기분이 개운하지만은 않았다. 악플은 이상한 사람들만 쓰는 줄 알았는데, 실은 다른 기사에는 예쁘고 고운 말을 쓸 줄 아는 평범한 사람들도 있었다. 고소를 결심했을 때 가족들은 나를 위로하기보다는 큰일을 만들지 말라 했다. 나 자신마저도 잠재적 위협 앞에 작아지는 걸 느꼈다. 우여곡절 끝에 처벌한 사람은 무려 딸을 둔 아버지였다. 악플 고소는 내가 생각하던 사이다와 같은 짜릿함을 주기보다는 고구마와 같은 답답한 목막힘을 주었다. 어디서부터 잘못된 걸까?

하지만 악플러를 고소한 걸 후회하지는 않는다. 고소당한 사람이 평범한 이웃이라면 느끼는 바가 있을 거다. 지금은 나도 가족들도 법적 대응이 두렵지만, 이렇게 선례가 쌓이다 보면 악성 댓글 작성자들도 처벌이 두려워 몸을 사리는 때가 올 거다. 나는 앞으로도 조용히 하지 않고 시끄럽게 나댈 거다. 사이다가 없더라도 고구마를 꾸역꾸역 소화해보지 뭐. 난 원래 밤고구마 좋아한다.

#그냥 좀 편하게 살고 싶어서요

KBS 9시 뉴스에 나올 예정이라고 했을 때, 아빠는 "규진아, 대체 왜 이렇게까지 하니?"라고 물었다. 직장 동료들은 멋진 결정을 응원한다고 했다. 동성애자 친구들은 용기를 내주어 고맙다는 연락을 보내왔다. 구국의 결단을 내린 민족 투사가 된 기분이었다.

내가 즐겨 찾는 인터넷 커뮤니티에는 극단적인 두 가지 선택지 중 하나를 고르게 하는 놀잇거리가 종종 올라온다. 예를 들자면 세계 평화와 100억 받기 중 무엇을 택하겠냐는 것이다. 이럴 때마다 나의 선택은 번번이 금전적 이득이었다. 10억이라도 선택은 변하지 않을 것이고, 1억이면 잠시 고민해볼 수 있겠다. 누구라도 이렇지 않냐고 주장하고 싶지만, 옆에 있는 와이프는 어떻게 100억에 지구의 평화를 팔아넘기냐고 나를 매도 중이다. 그렇다, 나는 그냥 내가 잘 먹고 잘 사는 게 좋은 이기적인 사람이다.

어쩌다 보니 시끄럽게 일을 벌이게 되었다. 실명과 사진을 걸고 레즈비언의 삶과 결혼에 대한 얘기를 블로그에 연재하고, 회사에서 신혼여행 휴가를 받은 일 가지고 요란 벅적하게 인터뷰를 해 포털 사이트 메인에 올리고, 공중파 뉴스에 출연하여 동성혼 법제화에 대한 의견을 내기도 했다. 사명감이나 성취감을 느끼지 못했다면 거짓말이겠지만, 이런 활동들을 이어간 동력은 대의보다는 나 개인의 편의였다. 그냥 내가 좀 편하고 행복하게 살고 싶었다.

대학 내 성소수자 동아리에 가입한 2012년, 나는 동성혼이 10년 안에 법제화된다는 쪽에 확신이 있었다. 동아리 특성상 이런 주제로 토론이나 사담을 종종 했는데 나는 소수의 낙관론자에 속했다. 유럽과 북미에서 하나둘씩 동성혼을 허용하기 시작한 때였는데, 이런 트렌드가 지속되면 사대주의적 성향이 강한 한국도 따라갈 수밖에 없다는 생각이었다. 한국 내에서도 방송인 홍석천이나 영화감독 김조광수처럼 커밍아웃을 한 동성애자들이 활발히 활동하고 있어 뭔가 변화가 일어난다는 희망도 있었다. 실리적으로 보았을 때도 한국 인구는 점점 줄어드는 추세이니, 그나마 있는 사람들이라도 포용하는 쪽으로 정책이 전환되지 않겠냐는 기대도 했다.

언니와 결혼을 결심한 2019년, 여전히 대한민국에서 동성혼은 법제화되지 않았다. 긍정적인 변화가 없지는 않았지만 속상한 일도 많이 일어났다. 김조광수 부부가 제출한 혼인신고서는 단숨에 반려되었다. 법정에서도 명문으로 혼인이 남녀간의 결합이라고 규정하지는 않았지만, 현행법의 통상적인 해석으로는 그렇다고 판결을 내렸다. 혼인율이 낮다고 울상 짓는 기사를 거의 매일 볼 수 있는데, 결혼하고 싶다고 나서는 동성 부부는 만류하다니 참 웃긴 일이다. 그렇다고 이들이 이성과 결혼할 것도 아닐 텐데.

결국에 한국에서도 동성 결혼이 가능할 거라는 믿음에는 변함이 없었다. 대학생 때의 예상보다는 조금 늦지만, 30년만 지나도 세상은 완전히 바뀔 수밖에 없었다. 하지만 내가 결혼을 하고 싶은 건 지금 당장이었다. 30년이라는 세월 사이 무슨 일이 벌어질지는 모를 일이었다. 2013년, 부산에서 한 60대 여성이 투신했다는 기사를 읽었다. 여고 동창과 함께 40년간 살아오고 있었는데, 동거인이 말기 암 판정을 받으면서 살던 아파트 명의와 보험금을 자신 이름 앞으로 변경하려 했다. 하지만 동거인의 조카가 나타나면서 쫓겨나게 되었고, 40년을 함께한 사람의 장례식에도 참석하지 못했다. 그는 결국 함께 살던 아파트에 올라 투신했다.*

• 김선호, "40년 동거한 여고 동창생의 비극적인 죽음"(연합뉴스 2013년 10월 31일자).

친인척이 나와 언니의 재산을 탈취할 가능성 외에도 결혼을 준비하면서 많은 불편과 좌절을 느꼈다. 신혼부부를 위한 주거 혜택이 참으로 다양했는데 언니와 내가 받을 수 있는 건 하나도 없었다. 알아서 해결해보고자 은행을 찾아가도 한 사람의 소득에 대해서만 대출이 나와 큰돈을 빌릴 수 없었다. 건강보험료도 각자 따로 내야 했다. 직장인이 주거와 세금 이슈에 얼마나 민감한지 모두 잘 알 것이다. 나와 언니가 동성애자라고 세금을 덜 내는 것도 아닌데, 화가 났다. 이걸 30년을 참으라니, 성질이 급한 나로서는 뭐라도 해야겠다는 생각이 들었다.

5년간 갈고 닦아온 마케팅 능력은 바로 이때를 위해서였을까? 나는 언니의 허락하에 가장 단기간에 이슈를 만들 방법을 생각해냈다. 나는 유명인도 권위자도 아닌 평범한 회사원이다. 하지만 사람들이 흔히 접할 일이 없는 성소수자이고, 이 점은 나의 모든 평범한 활동들을 비범하게 보이도록 도와줄 것이었다. 이성애자가 SNS에 사진과 실명을 걸고 연애 얘기를 한다? 항상 있는 일이다. 하지만 동성애자가 그런다면? 어떤 간이 배 밖으로 나온 사람이 저러나 싶겠지. 거기에 회사라는 거대한 단체에서 동성 결혼을 인정받는다든지 하면 더욱 흥미가 갈 테고. 항상 이렇게 업무를 했다면 승진을 더 빨리했을 텐데 참 아쉽다.

물론 내 얘기가 이슈가 된다고 해서 바로 국회에서 눈물을 흘리며 동성 부부의 혼인신고에 대한 법 조항을 만들 일은 없다. 하지만 동성끼리 결혼을 하고 싶어 한다는 생각조차 하지 못할 지금, 이에 대해 환기를 하는 것만으로도 의미가 충분해 보였다. 다른 회사 인사팀에서 내 사례를 보고 동성 부부에게 경조금을 지급할지 여부를 검토할 수도 있을 테고 말이다. 그러면 내가 60세에나 가능할 법적 결혼이 55세 정도로 당겨질 수도 있는 것 아닌가? 5년이나 세금 감면받는 시기를 당기다니, 노후 계획이 조금 더 수월해질 테다.

대체 왜 이렇게까지 하냐 묻는 아빠에게는 나 좋고 행복하게 살려고 그런다고 말했다. 한 인터뷰에서 어떻게 신상을 공개하고 언론을 마주할 용기를 냈냐는 질문을 받았을 때도 대의를 위해서라면 그러지 못했을 것이며, 모든 일은 내 편의를 위해서 했다고 대답했다. 괘씸한 조카가 내 재산을 가져가지 못하도록(참고로 나와 와이프의 남동생들은 아직 미혼이고 여자친구도 없다), 내가 언니 수술 동의서에 서명할 수 있도록, 건강보험료를 따로 내지 않아도 되도록, 그냥 다른 부부들처럼 살 수 있도록, 그런 삶의 편의를 위해서.

#그래도 세상은 조금씩 바뀌고 있다

항공 마일리지에 집착하는 사람들이 많다. 한국의 스마트한 소비자들이 모여 있는 한 인터넷 커뮤니티에는 효율적인 마일리지 전환율에 몰두하는 집단이 있다. 각종 포인트 제도를 활용하고 장장 일곱 단계를 거쳐 현금을 최대한 높은 비율에 마일리지로 전환하는 방법을 발상해내곤 한다. 미국쯤 되면 여기에 인생을 건 사람들도 있다. 이들은 평소 모든 지출을 마일리지 적립에 최적화시키고, 1년의 상당 시간을 하늘에서 보낸다.

나 역시 마일리지에 많은 신경을 쓰는 편이다. 다만 적립이나 전환율이 아닌, 가족 합산 제도에 집착했다. 한국에서 동성 부부가 누리지 못하는 혜택에 관해 얘기를 할 때 수술 시 보호자 동의를 해줄 수 없다는 점, 신혼부부 특별 공급 등 주거 정책의 도움을 받지 못하는 점과 함께 항공사 마일리지 가족 합산이 안 되는 점을 꼽아왔다. 생사가 달린 극적인 순간, 내 집 마련이라는 대업 다음에 든 예시가 비행기 좀 편하게 탈 수 있는 포인트 제도라니 균형이 영 안 맞는다.

동성 부부인 김조광수 감독과 김승환 레인보우 팩토리 대표에 대한 기사가 이 묘한 집착의 원인으로 추측된다. 2017년, 이들 부부가 한 항공사에 마일리지 합산을 요청했는데 거절당했다는 내용이었다. 담당 항공사 직원은 둘의 사이에 대해 알고 있었지만 회사 규정상 거부했다고 한다. 사기업의 고객 유치 정책의 일환일 뿐이고 국가 데이터베이스와 연결된 것도 아닐 텐데. 머리로는 증빙서류가 필요하다는 점이 이해되었지만, 마음으로는 야박하고 불합리하게 느껴졌다. 동성혼 법제화가 되었을 때 내가 신청할 혜택 중 하나로 마음속 깊이 담아두었다.

신혼 생활을 즐기던 하루, 깜짝 놀랄 소식을 들었다. 블로그 활동을 하면서 알게 된 '아콘 커플'이라는 캘리포니아에 사는 레즈비언 부부가 대한항공 가족 등록이 되었다는 것이다. 혹시나 하여 예전에 캐나다에서 발급받은 혼인 증명서와 함께 캘리포니아주 신분증을 제출했더니 큰 탈 없이 등록 완료 메일이 왔다고 한다.

들은 미국에 살고 있기는 하지만 국적은 아직 한국이었다. 이 소식은 빠르게 기사화되었고, 놀랍게도 대한항공 측에서도 실수가 아니라 제대로 된 절차를 통해 승인했다는 답변을 내놓았다.

가슴이 뛰었다. 혼인 증명서는 우리 부부도 뉴욕에서 발급받은 서류였다. 김조광수 부부 사례를 알고 있었기에 항공사 가족 등록에 쓸 생각 자체를 못 했을 뿐이다. 여전히 의문점이 있긴 했다. 퀴어 커뮤니티에서는 이 소식을 축하하면서도, 외국에 거주 중이며 외국발 신분증이 있어서 가능했지 한국에 사는 사람들은 어려울 것이라는 얘기를 나누었다. 하지만 아콘 커플 전까지는 한국 국적자면 아예 불가능하다고 생각하지 않았던가? 비록 한국에 살고 있고, 한국 여권과 주민등록증 외에 신분증은 전무하지만, 가족 등록을 시도해보기로 했다.

예상치 못한 장벽은 미국의 구시대적인 서류 발급 절차였다. 세상에, 모두가 AI 얘기를 하는 2019년에 재발급 신청서를 인쇄해 서명한 뒤 송금수표를 동봉하여 뉴욕시 혼인 증명서 발급 사무실에 우편으로 보내는 아날로그 방식을 고집하고 있었다. 한국에서 신고했다면 집에서도 인쇄할 수 있었을 텐데. 평소 공인인증서 로그인 절차에 대해 불평하던 게 무색했다.

아무튼 대한항공에서는 6개월 이내에 발급한 서류만 취급했기에, 점심시간에 겨우 짬을 내어 은행에서 송금수표를 발급받았다.

뉴욕에서 남편을 만났냐는 질문에는 어디서부터 설명해야 될지 감이 잡히지 않아 "뭐 그런 셈이죠"라고 답하며 넘겼다. 타협은 대한민국에서 살아가는 동성애자의 미덕이다. 사실 나는 레즈비언이고, 나와 여자친구 모두 한국인이라 자국에서 혼인신고가 불가능하지만, 미국에서는 감사하게도 외국인끼리 하는 혼인신고도 받아줘서 굳이 뉴욕까지 가서 결혼했다는 설명을 다 하기에는 직장인의 점심시간은 너무나 소중하다.

장장 한 달이 지나 미국 우표가 붙은 자그마한 서류가 도착했다. 그날 저녁 바로 대한항공 웹사이트에 가족 등록 신청을 했다. 인터넷에 올라온 후기를 종합해보면 보통 하루 안에 처리가 된다던데, 이상하게 내 신청서는 주말까지 승인이 되지 않았다. 머릿속에서는 이미 마일리지 담당 부서에서 우리 부부의 가족 등록 여부를 놓고 갑론을박하는 장면이 그려지고 있었다.

"이분들은 한국 거주자인데, 정말 괜찮을까요?"

"이미 동성 부부 마일리지 합산 건으로 기사가 나가서 큰 영향은 없을 것 같습니다."

"저도 동의해요. 별일 없을 텐데 굳이 고객 이탈을 발생시킬 필요는 없잖아요."

"하긴, 거부해서 동성 부부 차별로 부정 기사가 나가면 오히려 미주 쪽 비즈니스에 좋지 않겠죠. 게이 대선주자도 있다면서요."

"그럼 승인합시다!"

"그럽시다!"

가상의 회의를 나에게 유리하게 끝내고 나니 조금은 마음이 편해졌다.

월요일 아침, 출근해서 노트북을 켜자마자 5분에 한 번씩 대한항공 가족 등록 페이지를 새로 고침 했다. 주말 매출 정리하고 새로 고침 하고. 재고 내역 정리하고 또 새로 고침 하고. 그렇게 몇 차례를 이어가던 어느 순간 가족 등록 창의 생김새가 바뀌어 있었다. 본인, 부모, 형제 그리고 배우자. 언니 이름 석 자가 내 배우자로 등록됐다. 짜릿했다.

언니를 만나기 전 연말, 암 수술을 마치고 병가를 받아 영화를 보며 시간을 때우곤 했다. 그때 봤던 작품 중 가장 인상 깊었던 건 의외로 「스파이더맨: 인 투 더 뉴 유니버스」라는 슈퍼 히어로 애니메이션이었다. 영화의 주인공은 갓 스파이더맨으로 각성하여 슈퍼 파워를 잘 다루지 못한다. 평행세계에서 온 다른 스파이더맨들은 그런 그를 걱정하여 방에 가둔 뒤 악당과 싸우러 간다. 이때 절망하는 주인공과 어른 스파이더맨은 이런 대화를 나눈다.

"When do I know I'm Spiderman?(언제 내가 진짜 스파이더맨이

된 걸 알 수 있죠?)"

"You don't. It's a leap of faith.(알 수 없지. 그냥 너를 믿고 뛰는 거야.)"

그간 제법 이 대사에 충실하게 살아왔다고 생각한다. 언니에게 함께하자고 제안했고, 공장형 웨딩도 준비하고, 회사에 신혼여행 휴가를 달라고 요구도 해봤다. 될지 말지는 해보지 않으면 모르는 일이니까. 마일리지 가족 합산 신청은 이 자세에 대해 한 번 더 생각해보는 계기가 되었다. 불합리하지만 불가능하다고 생각해서 시도하지 않았던 게 의외로 쉽게 풀리지 않았던가.

선례의 중요성도 다시금 느꼈다. 아콘 커플이 아니었다면 항공사 가족 등록은 나에게 여전히 장벽 중 하나로만 남았을 것이다. 항상 그랬다. 김조광수 감독이 결혼식을 하기 전까지는 법적으로 승인받지 못하더라도 서로를 부부라고 부를 수 있다는 가능성에 대해 생각해보지 못했다. 외국에서 혼인신고가 가능하다는 것도 어느 레즈비언 커플의 후기를 보기 전까지는 몰랐다.

가끔 도무지 세상이 변하지 않을 것 같은 기분이 들 때가 있다. 대만은 동성 결혼 법제화를 했고 중국에서도 동성 부부에 대한 대기업 광고가 송출된다는데, 한국에서는 차별금지법 제정에 반대하는 법안이 올라온다든지 하는 날 말이다. 하지만 두려움을 무릅

쓰고 새로운 길을 개척하는 선례들을 믿는다. 서울 한복판에서 축제도 벌여보고, 친구들을 불러 결혼식도 열어보고, 마일리지 가족합산도 신청하고, 회사에 돈이랑 휴가도 달라고 해보고. 그렇게 조금씩, 그러나 확실하게 사회는 변한다. 앞으로도 조금 더 나를 믿고 미지의 영역으로 뛰어야겠다.

내가 진짜
히어로가 된걸
언제 알 수 있죠?
......

알 수 없지.
그냥 너를 믿고
뛰는 거야.

안녕하세요!
저는 레즈비언
입니다!

언니, 나랑
결혼할래요?

미국에 가서
혼인신고하자!

전무님! 저도
신혼여행 휴가
나오죠?
!

여자 둘이 딴딴따단♪

KBS 뉴스
동성 결혼한
김규진 씨를
모셨습니다

해보기 전엔
모르는 거야!

#우리의 결혼은 아직 끝나지 않았다

결혼식을 한 지 4개월이 지났다. 우리 부부는 평화로운 신혼을 보내고 있었다. 평일에는 내가 먼저 퇴근하면 청소기를 돌리며 언니를 기다리고, 언니가 먼저 퇴근하면 분리수거를 해놓고 나를 기다렸다. 주말에는 데이트 겸 근처로 산책하러 나가거나 장을 봐서 같이 요리를 해 먹었다. 가끔은 친구들과 맛있는 걸 먹으며 웃고 떠들면서 근황 얘기를 나누기도 했다.

책을 쓰기 시작한 이후로는 카페로 가 나는 글을 쓰고 언니는 소설을 읽으며 시간을 보냈다. 언니는 내 책의 첫 번째 독자이자 꽤 날카로운 평가를 해주는 에디터이기도 했다. 집 전방 1킬로미터 내에 있는 카페를 거의 정복할 때쯤, 집필도 마무리되어갔다.

마지막 장을 어떤 내용으로 채울지 고민하다 언니와의 대화로 채워야겠다고 생각했다. 지금까지 나와 온갖 사건들을 함께 겪은 동반자이자 앞으로도 많은 일을 함께할 우리 부부의 얘기로.

이런 이유로 언니와의 대화 내용을 책에 실으려 해. 우선 간단한 자기소개 부탁드립니다.

뭐 하지, 자기소개? 음…… 1988년생, 한국에서 태어난 유부녀입니다.

헛. 진짜 끝?

이 정도만 알아도 충분하지 않을까? 나이, 출생지, 성별, 기혼 여부.

아니야, 생각보다 언니에 대해 궁금해하는 사람들이 많아. '어떤 사람이길래 김규진이 맨날 우리 언니 멋있다고 자랑하는 걸까?' 하고.

아무래도 인성이 훌륭하기 때문이 아닐지.

네, 다음 질문으로 넘어가겠습니다. 결혼하니 어떤가요?

생각보다 되게 좋아. 사실 기혼자들이 직장에서 자신의 결혼 생활을 비하하거나 희화화하는 모습을 많이 봐서 결혼은 장점도 있겠지만 단점도 많은 것으로 생각했었거든. 그런데 아직은 단점을 찾을 수 없을 정도로 정말 좋아.

어떤 점이 좋은지 더 구체적으로 설명해줄 수 있어?

지금 딱 생각나는 건 퇴근해서 집에 왔을 때 네가 집에 있는 거. 반대로 내가 일찍 퇴근해서 너를 기다리는 것도 좋고. 자주 볼 수 있는 점?

와, 부부는 이심전심이 맞나 봐. 나 이 이야기 오프닝에 썼어! 그런데 언니 연애

초반에는 분명히 여자친구랑 자주 보는 걸 힘들어하는 타입이라고 했는데.

맞아. 내가 이전 사람들이랑 연애하면서 힘든 점 중 하나였어. 나는 사람들과 노는 게 좋지만, 집에서 혼자만의 시간을 가지면서 쉬어주기도 해야 하거든. 친구든 여자친구든 상관없이 사람을 만나고 나면 에너지가 소진되는 편이야. 그래서 결혼하고 같이 살면 기혼자들이 우스갯소리로 하는 '여자친구를 매일 볼 수 있어서 좋은데, 여자친구가 집에 안 가서 힘들어요' 같은 상황이 생길까 봐 걱정했지. 괜히 좋은 관계를 망칠까 봐.

실제로 같이 살아보니 어때?

좋아. 원래는 자주 보는 거 진짜 힘들어했는데. 신기하네.

나 역시 한집으로 이사하기 전 비슷한 걱정을 했었다. 나도 언니도 10년이 넘는 시간을 가족과 떨어져 혼자 살아온 사람들이다. 주거 공간과 평상시 루틴을 이미 자신에게 딱 맞게 구축해놓았을 텐데, 갑작스럽게 타인과 맞춰나가며 살 수 있을지 확신이 들지 않았다. 걱정과 달리 약 8개월간 같이 살면서 싸울 일이 거의 없었다. 가사 분담도 자연스럽게 됐다. 적극적으로 집안일을 아웃소싱하는 등 다툼의 여지를 줄인 것도 유효했다.

내가 블로그도 열고 인터뷰도 하고 일을 좀 많이 벌였잖아. 걱정되지는 않았어?

요새 이상한 사람들이 많은데, 혹시 자기를 괴롭히지는 않을까 막연한 걱정을 했어. 지하철 탈 때 가끔 이 칸에 수상한 사람이 있으면 어떡하나 걱정하잖아.

아, 뭔지 알아.

사실 인터뷰를 할 줄은 몰랐어. 블로그나 SNS 계정을 만들고 끝나는 줄 알았는데. 인터뷰를 연달아서 하더니 그 뒤에 방송도 타고 일이 점점 커져서 "규진이 정말 괜찮을까?" 싶었지.

그런데도 말리지 않고 응원한 이유는 뭐야?

일단 불법도 아니고 말릴 일은 아니지. 그리고 자기가 글을 쓰고 공유하면서 즐거워 보였어. 사실 회사에 다니면서 따로 다른 활동을 하는 게 피곤한 일이잖아. 스트레스를 받으면 어쩌나 했는데 그렇지는 않아 보여서 응원했지.

그래도 이것만큼은 안 된다, 하는 게 있다면!

김규진의 섹스 칼럼 같은 건 안 돼. (웃음)

그건 나도 안 돼!!! 나 보수적인 유교 레즈비언이야!!!

사람들에게 내가 보수적인 유교 레즈비언이라고 하면 대개 우스갯소리 취급을 했다. 아마 내가 아무한테나 레즈비언이라고 말하고 다니는 사람이라 진보적이고 깨어 있는 사람이라고 생각한 게 아닐까. 언니는 나와 다르게 극소수의 사람에게만 정체성을 밝히는 편이었다.

나 블로그 할 때
걱정되지 않았어?
걱정했지

방송 인터뷰하고
그랬을 땐?
걱정했어

그런데 왜
안 말렸어?
불법도
아니고…

네가 즐거워
보였으니까.

섹스 칼럼만
안 쓰면 돼

나 보수적인
유교 레즈비언이야!!
가내 일을
어찌!!

나랑 연애한 뒤로 부쩍 주변인에게 커밍아웃을 많이 했는데, 혹시 내 영향도 있어?

당연히 있지! 나는 동성애자 친구들과 이성애자 친구들이 분리되어 있어. 같은 동성애자 친구들한테만 커밍아웃했고. 그래서 이성애자 친구들과는 벽이 있었지. 깊은 얘기를 들어줄 수는 있지만, 할 수는 없으니까. 그런데 너는 고등학교나 대학교 친구들한테도 다 오픈을 하고 연애 얘기도 하는 모습이 좋아 보였어.

얘기하고 난 뒤에는 괜찮았어?

응, 좋았어. 얘기한 직후 며칠간은 친구들이 혼란스러워 보였지만 그 잠깐만 지나면 괜찮더라고. 사실 남 일이잖아. 이것도 내 자의식 과잉이었나 싶었지. 부모님께 얘기한 것도 큰 영향을 줬어. 엄마 아빠한테 여자친구랑 결혼할 거라고 얘기하는 것보다 어려운 커밍아웃은 없더라고.

우리 둘 다 잘되지는 않았지만…….

괜찮아. 죽기 전에는 잘 풀리겠지.

언니는 반년 넘게 부모님과 대화를 하지 않았다. 나는 아빠에게 의절을 통보받았다가 최근에야 다시 연락이 왔다. 당연하게도, 양가 부모님 모두 결혼식에 참석하지 않았다.

나는 이 감정이 잘 풀릴지 모르겠어. 결혼식 당일에 동생이 늦어서 집에 전화했

는데 아빠가 받았잖아. 그래서 "어, 아빠 한국에 있어?"라고 하니까 그렇긴 한데 결혼식에는 못 갈 것 같다고 하더라고. 아, 이제 나랑 정말 평생 안 볼 건가 보다 했는데 그건 또 아니었고.

그래도 자기 아빠는 나중에 연락하셨잖아. 틈틈이 잘 챙겨주시고.

그렇기는 한데…… 그래도 가끔은 여자랑 결혼하는 게 요즘 세상에 뭐 그렇게 큰 흠이라고 딸 결혼식에도 안 왔나 싶어. 친척들은 다 왔는데. 의절할 것도 아니면서.

원래 자식 일이면 더 받아들이기 어렵나 봐. 한번은 엄마가 "친구 자식이 레즈비언이었으면 친구한테 요즘 세상에 왜 그걸 못 받아들이냐고 했을 텐데 내 자식이라 못하겠다"고 하더라.

솔직하시네.

그러게 말이야.

그래도 결국 노후에 우리처럼 귀엽고 능력 있는 딸들이 없으면 부모님 손해야.

맞아. 남동생한테 이제부터는 어쩔 수 없이 네가 독박 효도를 해야 한다, 지금까지 내가 받던 부모님 전화 받는 거나 노후에 챙겨드리는 거 다 네 몫이라고 하니까 화들짝 놀라더니 엄마한테 전화해서 누나랑 화해하라고 하더라.

아이고.

원래 가족과는 이래저래 다툼이 있고, 사이가 깨지기도 했다. 그래도 나와 언니는 이상하리만치 평온했다. 언젠가는 사이가 회복될 거라는 믿음이 있어서이기도 하지만, 이제 제1의 가족이 부모님과 형제에서 배우자로 옮겨갔기 때문이기도 하다.

나는 예전부터 혼인 시 불화에 대한 무시무시한 일화를 너무 많이 봐서 그런지, 결혼하면 반드시 배우자를 내 제1가족으로 생각하겠다는 굳은 의지가 있었어. 내가 스스로 선택한 내 편을 갖고 싶었어.

아이고, 기특해. 그런데 아빠는 좀 서운하시겠는걸.

뭐, 아빠는 엄마가 1순위인걸.

하긴 우리 집도 그래.

우리는 법적 가족은 아니니까 이 가정을 지키려면 부모님보다 더 큰 노력이 필요하겠지만 말이야. 언니가 내가 질렸다고 잘생긴 여자애를 데리고 오면 어쩌나 노심초사한다고, 흑흑.

아니, 그게 도대체 무슨 소리야. (웃음) 그리고 우리 이혼하려면 뉴욕까지 가야 해.

그러네. 이혼하러 갔다가 뉴욕에서 노느라 다시 정들겠다.

그래, 그러니까 이상한 소리 하지 말고.

그거랑 별개로 안전망을 위해서라도 추가적인 장치가 필요하긴 해.

저번에 변호사들이 얘기하던 신탁 같은 거?

응, 그런 거나, 생명보험 수익금은 제3자에게 지정할 수 있으니 서로 앞으로 들어놓는다든지. 우리 곧 혼인신고 1주년인데 이때 해보면 어떨까?

아, 1주년! 좋아!

결혼식은 11월이었지만 혼인신고를 한 건 5월이라 우리는 이때를 결혼기념일로 지정하기로 합의했다. 돌이켜보면 작년 한 해는 1년 내내 결혼을 하며 보냈다. 3월에 프러포즈를 하고 5월에 혼인신고를 했으며, 7월에 같은 집으로 옮긴 뒤 11월에 결혼식을 올렸다. 하지만 왠지, 우리의 결혼은 아직 끝나지 않았다는 기분이 든다.

나는 사실 구청에 혼인신고도 해보고 싶어.

나는 결혼식 명동성당에서 하고 싶었어.

명동성당은 나도 좋다. 추기경이나 교황님이 동의할지는 모르겠지만. 아니, 근데 동성 결혼이 불법은 아니잖아. 그러면 혼인신고를 했을 때 정말로 반려가 될지, 반려할 때 어떤 말을 할지, 매뉴얼은 있는지 궁금해.

나는 네가 하는 건 다 응원하지만 상처를 받을까 봐 걱정이야. 자기 안 그래도 잘 울잖아.

맞아, 한때 데일리 크라잉을 했지. 근데 사람이 좀 울 수도 있는 거 아니겠어.

할 거면 나랑 같이 가거나 끝나고 꼭 전화하기야.

언니는 평일에 바쁘니까 내가 씩씩하게 하고 올게!

반려 좀 당해도 괜찮아. 그럼 나라에서 인정하는 미혼이니까, 각자 집 사서

1가구 2주택 하면서 세금 적게 내자. 아니면 자기 무주택기간 유지해서 나중에 청약을 넣든지.

내가 하던 1가구 2주택 농담을 이렇게 진지하게 받아들이다니! 동성애자들이 이런 혜택을 보는 것은 불합리하다는 국민 청원이 올라와서 100만 동의 찍고 동성 결혼이 법제화되면 좋겠다. (웃음)

미정부의 승인을 받고, 결혼식도 공개적으로 하고, 언론에 알려져도 우리는 아직 법적으로 미혼 여성이다. 하지만 우리는 앞으로 모험을 함께할 것이고, 매일 조금씩 작은 불편함과 싸워나갈 거다. 내가 집에 돌아오면 언니가 나를 기다리고 있거나, 언니가 돌아왔을 때 내가 언니를 기다리고 있겠지.

결혼이란 무엇일까? 바로 이런 게 아닐까.

규지니어스에게 무엇이든 물어보세요!

어쩌다 보니 유명 레즈비언(세상에!)이 되어 여러 질문을 받게 되었습니다. 주변 사람들이 같이 점심을 먹다 묻기도 했고 익명의 사람들이 메일을 보내오기도 했습니다. 결혼에 대한 문의일 때도, 정체성에 관한 질문일 때도, 제 개인에 대한 물음일 때도 있었습니다. 정보도 공유할 겸 같은 내용을 여러 차례 얘기할 일도 줄일 겸, 가장 자주 받았던 질문들을 모아봤습니다. 제가 정말 '관종'인지 여부부터 결혼 준비 세부 비용까지 전부!

정체성

Q _ 부모님께 커밍아웃해도 될까요?

A _ 안녕하세요! 아래 두 가지의 경우 중 하나에 해당한다면 커밍아웃을 추천합니다. 첫째, 나는 부모님으로부터 금전적 · 물리적 · 심리적 독립을 완료하였다. 둘째, 나는 단 하루라도 더 정체성에 대해 거짓말을 하면 답답해서 미쳐버릴 것이고, 이로 인한 일체 불이익 따위는 사소한 일이다.

한국 정서에는 잘 맞지 않는 말일 수 있지만, 가족도 결국에는 사회적 집단 중 하나이며 권력 관계가 작용합니다. 주변에 학생 때 커밍아웃한 뒤 집에서 쫓겨난 사람들을 몇 명 보았습니다. 부모님이 나를 무조건적으로 사랑하지 않을 수도 있습니다. 안전장치가 필요합니다.

Q _ 가족들에게 커밍아웃을 했는데 자꾸 못 들은 척해요. 임팩트가 없어서일까요?

A _ 그런 반응이라면 임팩트 있게 물구나무를 서면서 커밍아웃을 해도 같은 반응일 거예요. 조금 냉정한 말이지만, 가족끼리 서로를 100% 응원하고 수용하는 건 아니에요. 이 사실을 받아들이고, 그럼 반대로 이제 내가 그 가족을 어떻게 대할지를 고민해보면 되겠죠. 하지만 이를 넘어 상처가 되는 말이 오간다면, 그렇게까지는 얘기할 필요가 없다는 것을 전해주세요. 물론 스스로의 안전이 제일 중요한 것을 명심하셨으면 해요. 금전적 · 물리적 독립을 하기 전이라면 이 상태를 유지하는 것도 방법이겠죠. 파이팅입니다!

Q _ 저도 혹시 동성애자일 수 있을까요?

A _ 저는 비교적 빠른 시기에 쉽게 성 정체성을 알게 된 편인데, 주변에는 30대 중반에 깨달은 분도 있습니다. 의문을 가지게 되었다면 성찰과 경험을 통해 결론이 나오겠지요. 물론 끝까지 의문일 수도 있겠고, 이런 사람들을 지칭하는 '퀘스처너리'라는 정체성도 있답니다! 사실 죽을 때까지 의문도 가지지 않은 채 모르고 사는 사람도 많을 거고요.

Q _ 한국에서 오픈리 레즈비언으로 살면서 어려운 점은 없나요?

A _ 의외로 지금까지는 없습니다. 특히 제가 돈을 내는 고객일 경우에는 다들 그렇게 친절하고 열린 마음일 수가 없어요. 자본주의 사회라 그런가. 굳이 따지자면 설명을 많이 해야 해서 귀찮기는 합니다. 대부분의 사람이 당연히 저를 이성애자라고 생각하잖아요. 그래서 누군가 남편에 대해 물어보면 어디서부터 설명을 해야 할지 아득해지죠. 시간이 없으면 그냥 대충 넘어가고, 여유가 될 때는 "남편이 아니고 와이프예요! 저는 레즈비언이거든요!"라고 얘기를 해주죠. 제가 워낙 해맑고 뻔뻔하게 얘기해서 그런가, 대부분은 그냥 그런가 보다 하고 넘어가시더랍니다.

Q _ 그럼 동성애자로 받는 차별은 없는 건가요?

A _ 으악, 얘기가 그리로 흘러가면 안 됩니다. 대놓고 침을 뱉거나 하는 등의 혐오 행위가 없다는 말이었어요. 동성애자에 대한 차별은 참 교묘하고 지독해요. 인종, 고향, 학벌 등으로 받는 차별은 통계로 포착할 수 있어요. 하지만 드러나지 않는 성 정체성은 그렇지 않아서, 동성애자가 어떤 차별을 받는지 도무지 알 수가 없습니다. 숨기고 사는 한 차별을 받지 않아요.

근데 이게 진짜 차별이 없는 건 아니거든요. 얼마나 차별을 받는지 알 수 없으니까 항의를 할 수 없고, 드러내는 순간 무슨 일이 벌어질지도 모르는 거예요. 제 친한 레즈비언 선배는 사장이 독실한 기독교인인 회사에 다니는데, 정체성을 밝히는 순간 갖은 핑계를 통해 잘릴 거라고 확신합니다. 교사인 지인은 학부모에게 성 정체성이 알려지면 어쩌지 매일 긴장하면서 살고요. 그게 아니더라도 항상 거짓말을 하며 사는 삶이 건강하기는 힘듭니다. 적어도 저는 그랬어요.

Q _ 자라나는 청소년 퀴어들에게 해주고 싶은 말이 있다면?

A _ 생각보다 사회에 퀴어는 많아요. 그리고 다들 어떻게든 살아가고 있어요. 내가 소수자라서 남들보다 조금 더 차별을 받는 건 맞지만, 너무 부정적인 감정에 휩싸이지는 않았으면 해요. 저는 그냥 살면서 겪는 수많은 차별 중 하나 정도로 생각하려고 노력했습니다. 인지는 하되 절망은 하지 않으면서 어떻게 이를 해결할 수 있을지에 집중했어요. 그리고 20대는 동성혼 찬성자가 62%라는 거 잊지 마세요! 이건 이기는 게임이다! 장기적으로 우상향하는 주식이다!

Q _ 퀴어가 아닌 사람들에게 해주고 싶은 말이 있다면?

A _ 마찬가지로, 사회에 퀴어는 많아요. 동성애자가 전체 인구의 2~5% 정도라고 하는데 따지고 보면 굉장히 많은 숫자거든요. 한국에만 100만 명에서 250만 명쯤 되니까요. 그들은 어딘가에 존재하고 있고, 당연히 사회의 일부라는 걸 아셨으면 좋겠어요. 앗, 방금 지나친 그 사람! 동성애자일 수 있습니다.

Q _ 서로를 어떻게 부르나요?

A _ 와이프라고 불러요. 이게 맞는 호칭인지 한번 찾아봤는데, 고대 독일어 'wibam'

(여자라는 뜻)에서 온 것이라 이성애 관계의 틀에 묶인 호칭은 아니더라고요. "상대방이 와이프면 너는 남편이야?"라는 물음에 "저도 와이프죠!"라고 대답할 때 이성애 중심적 사고를 깨는 즐거움을 느낍니다.

Q _ 배우자분과 결혼을 빨리했는데, 걸리는 점은 없었나요?

A _ 제 친구의 말마따나, 배우자감을 사계절은 지켜보는 게 결혼하기 전 '국룰'이기는 하죠. 그런데 저는 주변에서 7년간 연애 후 결혼을 했다가 이혼한 커플도, 만난 지 반년도 안 되어 상견례를 했지만 수년간 잘 사는 커플도 보았습니다. 결국 함께 살고 재산을 합쳐보지 않으면 모르는 부분이 많은 것 같아요. 중요한 건 함께 산 뒤에 발생할 수 있는 불확실성을 제가 감당하고 싶은지 아닌지라고 생각하는데, 지금 와이프는 리스크를 감수하기에 차고 넘치는 사람이었습니다.

Q _ 자녀 계획이 있으신가요?

A _ 보수적인 질문인지 급진적인 질문인지 판단하기 어렵네요.

지금 당장은 없습니다. 다만 "아이를 가지게 된다면 미국에서 낳고, 대입 에세이에 우리 얘기를 팔게 하자! 아시아인 이민자 여성 동성애자 부부의 자식이라면 분명히 프린스턴에 갈 수 있을 거야! 야호!" 같은 자조적인 농담을 한 번 했습니다. 허허. 현실적으로는 아기 고양이를 입양하지 않을까요?

Q _ 결혼하니 좋나요?

A _ 좋습니다. 진짜로요. 원래도 루틴과 확실성, 안정감을 좋아하는 사람이라 결혼에 잘 맞을 줄은 알고 있었는데, 해보니 정말로 좋네요. 삶의 즐거움도 힘듦도 함께하는 동반자가 생기니 든든해요.

Q_ 어떻게 해야 좋은 사람을 만날까요?

A_ 좋은 사람은 나와 잘 맞는 사람이라고 생각하는데요, 이런 사람을 찾기 위해서는 우선 내가 어떤 성격이고 원하는 게 뭔지를 파악하는 게 선행되어야 합니다. 그 뒤에는 많은 사람을 만나봐야겠죠. 결국에는 운의 영역이 제일 크겠지만요.

Q_ 결혼하고 싶어 하는 동성애자들에게 한마디 해주세요.

A_ 내가 선택한 가족이 생긴다는 건 삶에 큰 변화입니다. 이를 원하고, 실행할 수 있는 능력이 있는데 조금의 용기가 필요할 뿐이라면 저는 등을 밀어드리고 싶어요. 제가 결혼한 지 이제 갓 1년이 넘었는데, 매일매일 갈수록 더 좋아요!

Q_ 자산 관리는 어떻게 하시나요?

A_ 법적 경제 공동체로 묶이지 않아서 이 부분이 참 까다로워요. 세금도 따로 내고, 나중에 한쪽이 잘못되었을 때 재산을 넘겨받을 수 있다는 보장도 없죠. 그래서 각자 최소한의 생존 자산은 축적하되 그 이상은 언니 쪽에 몰아주는 형태로 가계를 운영하고 있습니다. 직장 동료가 이 얘기를 듣더니 '규진 씨는 이혼 시 리스크가 참 크네요'라고 했습니다. 동의합니다. 언니에게 매일 최선을 다해 재롱을 부리고 있습니다.

Q_ 상속이나 증여는 방법이 있을까요?

A_ 저는 법 전문가가 아님을 밝히며, 제 고민을 공유하는 차원에서만 답할게요. 저희 부부도 법적 효력이 있는 유언 작성, 생명보험 수익자 등록, 주택임대사업자

등록 등 여러 방식을 생각해봤는데, 다 조금씩 고민이 되는 부분이 있었습니다. 유언의 경우, 저희 가족 중 일부 구성원이 이 혼인 관계를 인정하지 않아 변수가 있다고 생각했습니다. "아니, 내 딸 재산이 왜 걔한테 가?!"라는 마음으로 유언무효확인 소송이나 유류분• 반환청구소송을 제기하게 되면 남은 사람이 너무 힘들겠지요. 생명보험의 경우, 보험 중 드물게 수익자로 제3자를 지정할 수 있지만, 사망 후 증빙 서류를 떼려면 가족의 동의가 필요한 맹점이 있었습니다. 주택임대사업자 등록의 경우, 제도의 본 목적이 아닌 부차적 혜택을 위해 일을 벌이고 싶지는 않았어요.
제 모욕죄 고소 건을 대리해주고 있는 법률사무소 '푸른봄'에서는 유언대용신탁을 추천하였는데요, 최근(2020년 3월) 수원지방법원에서 일정한 조건하에 유언대용신탁한 재산은 유류분 반환 대상이 아니라는 판결(2017가합408489)이 나서 주의 깊게 지켜보고 있습니다. 해당 판결이 상급심에서도 유지될 경우, 저랑 언니가 법적 혼인 관계가 아니더라도 유류분과 무관하게 사후 재산을 원하는 대로 서로에게 남길 수 있게 되거든요. 물론, 부모님이 레즈비언 딸들이 괘씸하다고 상속을 하나도 남겨주지 않을 수도 있기에 양날의 검이네요!

Q _ 결혼 준비에 얼마 들었어요?

A _ 결혼 비용 관련 정보를 생각보다 찾기 힘들죠! 아무래도 개인적인 지출이라 공개하기 부담스러울 수 있는데, 저는 이 기회에 시원하게 까겠습니다.

• 법정 상속인을 위해 법률상 유보된 재산. 자식 등 직계비속이나 배우자의 경우 법정상속분의 1/2, 부모 등 직계존속이나 형제자매의 경우 법적상속분의 1/3(민법 제1112조).

대분류	소분류	업체	비고	비용
결혼식	식장	롯데호텔월드	대관료, 장식비, 식비 등 포함	21,868,700원
	헬퍼 수고비	–	2인	500,000원
	친구들 수고비	–	사회자 30만 원, 그 외 각 20만 원	1,100,000원
스드메 (스튜디오는 생략)	드레스	셀렉션H	1부 드레스 2벌, 2부 드레스 2벌	5,930,000원
	메이크업	보보리스	풀메이크업 2인	
	본식 스냅 사진	진태용스냅	1인 촬영	
	본식 영상	FI필름	1인 2캠 촬영	
청첩장/모임	청첩장 제작	바른손카드		166,800원
	청첩장 모임 식비	–	약 70–80명 참여	3,821,300원
제주도 스냅 촬영	스냅 사진	켈리앤수	대표 작가 2인	950,000원
	헤어/메이크업	유난히아름다운오늘	2인 풀메이크업, 기본 헤어세팅	400,000원
	택시 대절	아일랜드 투어	6시간(반일) 대절	130,000원
뉴욕 혼인신고	혼인 증명서 발급	뉴욕시 서기관 사무실		$35
	서약식			$25
	스냅 사진	메그스튜디오	2시간	$380
신혼여행	숙박비	–	세이셸 4박(콘스탄스 에필리아) 아부다비 2박(W 1박, 아난타라 1박)	6,265,457원
	항공비	에티하드항공	세이셸–아부다비 이코노미 2인, 인천–아부다비는 마일리지 사용	1,899,391원
	기타	–	식비, 교통비, 쇼핑 등	1,216,243원
웨딩밴드	–	샤넬	코코크러쉬(1다이아) 2개	3,900,000원
소계				48,147,891원 + $440

• 2019년 당시 직접 지불한 금액 기준으로 작성되었으며 현재 해당 업체에서 청구하는 비용과 상이할 수 있습니다.

아이고, 많이도 썼다. 제주도와 뉴욕 항공비 및 숙박비, 그리고 신혼집 인테리어 관련 비용은 생략하였으나, 축의금도 얼추 해당 비용만큼 들어왔으니 순수 지출 내역은 5천만 원 언저리가 맞습니다. 결혼 시 들이는 비용은 사람마다 천차만별이라 정확한 판단은 어렵습니다만, 저희 둘 형편과 주변 친구들의 결혼식 때 지출을 모두 참고하여 너무 무리가 되지 않는 선에서 조절하였습니다.

Q _ 미국에서 혼인신고 하는 게 의미가 있나요?

A _ 의미야 당연히 있죠! 쓸모가 있는지에 대한 질문이라면, 한국 정부에서 인정해주지는 않지만 생각보다 쓸모도 있습니다. 원래는 한쪽이 미국 국적을 취득할 경우 나머지 한 명에게 배우자 비자를 주기 위해 제출할 서류 정도로 생각했는데요, 막상 받고 나니 써먹을 일이 생기더라고요. 우선 앞서 소개했던 항공사 마일리지 가족 등록 시, 미국에서 받은 혼인 증명서를 첨부하여 승인받았습니다. 국외로 눈을 돌려보면, 2019년 9월 일본 우쓰노미야 지방재판소에서 동성 커플의 사실혼 관계를 인정하는데 이들이 2014년 미국에서 취득한 혼인 증명서를 참고하였습니다. 안타깝게도 혼인을 위한 소송은 아니고, 외도 시 손해배상을 위한 소송이었지만요.

기타 등등

Q _ 직장 생활과 다른 활동을 병행하는 게 힘들지는 않았나요?

A _ 힘들었어요. 한번은 부장님에게 "요즘 규진이 실수가 많은데 내가 넘어가주고 있는 거 알죠? 하지만 실수가 계속된다면 업무 외적인 부분이 일에 영향을 준다고 생각할 수밖에 없어요"라는 간담이 서늘해지는 말도 들었고요. 그 뒤로 되도록 평일에는 업무에만 집중하고, 그 외의 일들은 주말에 하고 있습니다. 나누니까 확실

히 좀 나아요. 제 꿈은 지금 다니는 회사의 CEO가 되는 거고 직장은 소중한 삶의 한 부분이라, 저의 업무적 퍼포먼스를 유지하는 걸 최우선으로 두고 있습니다.

Q _ 악성 댓글이나 비난을 받았을 때 어떻게 견디시나요?

A _ 제가 맷집이 좋은 동시에 감정을 잘 잊는 스타일이라 견디기에 좀 유리했어요. 가끔은 비난 글을 보고 심장이 쿵쾅대기도 했는데, 이 글을 쓴 사람이 나를 얼마나 알고 있고 내 삶에 얼마나 중요한지 생각해보면 좀 차분해지더라고요. 별 상관 없으니까요. 물론, 도를 넘는 비방들은 언제든지 변호사를 통해 고소하면 되기 때문에 믿는 구석이 좀 있기도 하네요.

Q _ 하고 싶은 말을 솔직하게 하는 게 부러워요.

A _ 멋있어 보일 수도 있겠지만, 사실은 자기방어의 일종이에요. 숨김으로써 자신을 방어할 수도 있지만 활짝 여는 것도 방어가 될 수 있어요. 제 주변에는 성소수자에 호의적인 사람이 대부분인데, 이건 제가 관계의 초기부터 커밍아웃을 해서 저를 싫어하는 사람들은 이미 떨어져나갔기 때문일 거예요. 결국 주변에는 우호적인 사람들만 남게 되죠. 내가 어떤 사람인지 무슨 생각을 하고 사는지 말하는 건 안전한 환경을 조성하는 데 도움이 됩니다. 물론 누군가에게 상처를 주거나 실례가 되는 말은 안 되겠죠!

Q _ 관종이에요? 왜 이렇게 나대요? (놀랍게도 이런 질문을 꽤 받는답니다.)

A _ 네! 관종 맞고 나대는 거 좋아합니다. 관심 받는 걸 정말 좋아해서 회사 명찰도 김규진이 아닌 '김천재'로 표기되어 있어요. 일이라도 잘하길 망정이지…….

다만 요 근래 받고 있는 관심은 썩 반갑지만은 않아요. 제가 유명세로 대단한 권력을 쥔 것도 아닌데 여기저기 치이거든요. 받았던 수많은 비판 중 조금 의외였던 코멘트는 제가 결혼을 함으로써 가부장제에 부역했고 굳이 둘 다 웨딩드레스를 입었으니 '코르셋'에 일조했다는 얘기였어요. 일면식도 없는 특정인의 결혼, 그리고 결혼식 사진을 두고 공개된 공간에서 왈가왈부하는 것이 무례하다는 건 제쳐두고서라도 여러 가지 생각이 들었습니다. 일단 저와 언니는 여성간의 결혼을 했고, 거기에 '부'는 존재하지 않아요. 보수적이라는 코멘트를 할 수는 있겠지만 (사실이고) 가부장제의 부역자라는 건 참 과장되고 폭력적인 표현이죠. 웨딩드레스의 경우, 결혼 시 여성이 원치 않는 꾸밈 노동 및 비용 지불을 강요받는 것은 매우 부당하다고 생각해요. 다만 레즈비언 결혼식에서 여성 둘이 드레스를 입은 것 자체가 코르셋인가에는 의문이 들어요. 드레스는 무조건 나쁘고 턱시도는 무조건 좋은 게 아니고, 드레스만을 강요하는 사회적 권력이 지양되어야 할 것이 아닌가요? 그리고 또 한쪽이 턱시도를 입었다면 이성애자 흉내를 낸다 했을 테고, 둘 다 턱시도를 입었다면 남성성을 숭배한다고 했겠죠. 그렇다고 추리닝을 입었다? 아무도 이걸 결혼식이라고 생각하지 않았을 거예요. 그래서 그냥 둘 다 입고 싶던 거 입었어요. 저희 결혼식이니까요. 이 관심 안 받고 못 나대도 아무 상관 없으니, 눈을 떠보면 짠! 하고 동성 결혼이 법제화되어 있고 차별이 없는 세상이 되어 있으면 좋겠어요. 이 모든 일 전에도 저는 이미 충분히 와이프, 친구, 직장 동료의 애정을 받고 있었는걸요.

Q _ 이제 뭐 할 거예요?

A _ 출근 말고 다른 답변을 드려야겠죠? 개인으로는 사장이 되기 위한 이런저런 길을 모색해봐야겠고, 회사에서는 시어머님인지 장모님인지 모르겠지만 배우자 부모의 환갑 경조금도 받아보고 싶습니다. 부부로서는 언니와 보다 금전적으로 질척이는 관계가 될 수 있도록 신탁이나 생명보험 등을 들어보려 합니다. 잘 준비해야 하니 변호사와 상의를 해보려고요!

어느 혼인신고자의 하루

동성 부부가 구청에 혼인신고서를 제출하면 무슨 일이 일어날까요? 저는 이 질문에 대한 답이 궁금했습니다. 2013년에 서대문구청이 불수리한 사례가 있지만 7년 전 일입니다. 동성 부부의 마일리지 합산이 거절당한 뒤 승인되기까지는 겨우 2년이 걸렸죠. 높은 확률로 수리되지 않더라도 제가 국가에서 받을 구체적인 답변도 궁금했습니다. 원인을 알아야 문제를 해결할 수 있으니까요. 그리고 무엇보다, 살면서 남들 다 하는 혼인신고를 한 번쯤은 해보고 싶었습니다. 저는 원래 거절당할 확률이 높은 고백에는 일가견이 있어서 결과를 잘 견딜 자신도 있었고요.

마음의 준비를 위해 가상 시나리오를 써보았습니다. 7년 전 김조광수 감독의 동성간 혼인신고 사례, 헌법 및 민법상 혼인 관련 법률, 그리고 주변 이성애자 부부들의 경험을 종합해보았을 때 일은 다음과 같이 흘러갈 확률이 높아 보였습니다.

1. 구청에 완벽히 작성된 혼인신고서와 관련 서류, 신분증을 제출한다.
2. 담당 공무원은 잠시 당황하나, 매뉴얼대로 수리 여부는 나중에 문자로 통보된다고 안내한 후 서류를 접수한다.
3. 약 사흘에서 일주일 후, 불수리 되었다는 문자를 받는다.

좋아, 완벽해! 불수리 문자를 받았을 때 마음이 조금 아플 수는 있겠지만, 이 정도면 견딜 만해 보입니다. 마침 얼마 뒤면 결혼 1주년이고 하니, 이때 용기를 내어 구청에 방문하면 되겠다 싶었습니다.

11:00 AM 종로구청 민원실

전날 언니와 함께 미리 혼인신고서를 꼼꼼히 작성하고, 가족관계증명서를 준비했습니다. 언니는 연차를 내기 어려워 저 혼자 가야 했기에, 두 사람분의 인감과 신분증을 챙기는 것 역시 잊지 않았습니다. 평일 오전이라 그런지 민원실은 거의 비어 있었으며, 대기 없이 바로 창구에서 서류를 제출할 수 있었습니다.

"김규진 님은 누구신가요?"

"접니다."

"그럼 이분은요?"

"제 와이프요."

담당 직원의 안색이 어두워졌습니다. 책상에 비치된 두꺼운 사례집을 찾더니 이내 어딘가로 연락을 했습니다. 무슨 일인가 물으니 처리 지침에 대해 법원 행정처에 문의를 했으니 기다려달라는 답변을 들었습니다.

11:10 AM 종로구청 민원실

담당 직원이 말을 걸어왔습니다.

"선생님, 우리나라에서는 동성간 혼인이 금지되어 있잖아요."

"어…… 금지는 안 되어 있어요. 민법에 보시면 금지되어 있지는 않아요."

"저희가 이런 경우가 처음이라…… 법원에 문의 전화는 드려놨거든요. 옆에 앉아 계시면 연락이 오는 대로 안내를 드릴게요."

평상시의 절차대로 접수를 한 뒤 나중에 결과를 알려주면 되지 않나는 생각도 들었지만, 우선 안내대로 자리를 옮겨 기다렸습니다.

11:50 AM 종로구청 민원실

직원들이 점심 식사를 위해 하나둘 자리를 뜨기 시작했습니다. 아직 법원에서는 연락이 오지 않았습니다. 보통 결격사유가 있어도 접수를 한 뒤 문자로 통보해주는 절차가 아니냐고 물으니, 담당 직원은 한국에서는 동성간 혼인이 안 될 거라는 얘기만 재차 했습니다. 우선 각자 밥을 먹고 돌아와서 법원의 답변이 왔는지 확인하기로 했습니다.

12:20 PM 칼국숫집

예상 시나리오와 너무나 다르게 흘러가는 상황에 조금 당황했습니다. 김조광수 감독의 접수 후 바로 불수리라는 선례를 따를 줄 알았는데, 접수부터 쉽지가 않았습니다. 이 와중에 배는 또 고파와 주변의 칼국숫집에서 육개장을 먹었습니다. 한국인이라면 얼큰하고 뜨끈한 국밥이지!

01:40 PM 종로구청 민원실

민원실을 찾아가니 담당 직원보다 조금 더 상급자로 보이는 직원이 안내를 해주었습니다. 그 외에도 여러 명이 제 사례에 대해 알아보고 있었고, 뒤의 다른 직원들도 긴장한 표정으로 이쪽을 바라보고 있었습니다.

"지금 법원에서도 아직 찾아보는 중이라……."

"헉, 어떡하죠."

"마냥 여기서 기다릴 수는 없으니까 근처에 계시면 답변이 오는 대로 연락을 드릴게요."

"그러면 서류를 맡기고 근처에서 기다리고 있다가 법원에서 접수를 해야 한다 하면 접수를 하는 거고, 만약 접수 거부를 해야 한다면 거부가 되는 거겠네요?"

"네, 그런데 행정처에서 저희에게 조언을 할 수는 있는데, 민법상에 혼인은 당사자간의 합의하에 이루어진다고 되어 있는데 이 판례를 보시면 선생님의 혼인에 합의가 있다고 보기가……."

알고 있는 얘기였습니다. 민법 제815조 1항, "당사자간에 혼인의 합의가 없는 때" 혼인은 무효라는 구절이죠. 김조광수 감독의 소송 때 혼인은 남녀만의 결합을 뜻하기 때문에 동성간의 합의는 혼인의 합의라고 볼 수 없다, 따라서 이 혼인은 무효라는 판결에 기여한 법률입니다. 분명히 알고 있는 내용인데, 직접 이 얘기를 듣자니 괜히 저도 모르게 눈물이 났습니다.

02:00 PM 종로구청 근처 카페

너무 많은 사람들이 제 일에 신경을 쓰고 있었습니다. 저도 회사원인지라 구청 직원들에게 미안했습니다. 그런데 사실 혼인신고가 미안할 일은 아니잖아요? 이 모든 상황이 비참했습니다.

스마트폰이 울렸습니다.

"종로구청 민원실입니다. 법원에서 답변이 와 연락드립니다."

"아, 정말요? 근처니까 바로 가겠습니다."

02:20 PM 종로구청 민원실

"법원 행정처에서 접수를 해야 한다고 연락이 왔어요."

"그렇군요. 그럼 이제 접수를 하고 문자를 기다리면 되나요?"

"아, 처리도 바로 도와드리려고 하니 잠시 기다려주세요."

이걸 모두가 미리 알았더라면 불필요한 처리 지연도 감정 소모도 없었을 텐데. 직원은 이내 불수리 통지서를 전달했습니다. 통지에서 쓰여 있는 불수리 사유는 예의 민법 제815조 1항, 그리고 또 헌법 제36조 1항이었어요. "혼인과 가족생활은 개인의 존엄과 양성의 평등을 기초로 성립되고 유지되어야 하며, 국가는 이를 보장한다"라는 훌륭한 법조항이 제 혼인을 불허하는 이유가 되기도 한다니, 참 아이러니하죠. 서명을 하고 집에 가려 발걸음을 떼는데 뒤에 계시던 중년의 공무원이 말을 걸어왔습니다.

"저기, 국회에서 법제화를 위해 많이 노력하는 중이니까 조금만 기다리세요."

예상치 못한 따뜻한 한마디에 눈물이 왈칵 쏟아졌어요.

02:30 PM 종로구청 근처 카페

뭐라도 좀 마시려 근처 카페에 들어갔을 때, 구청에서 전화가 걸려왔습니다. 통지서가 잘못 작성되었으니 다시 방문을 부탁한다는 얘기였습니다. 어떤 부분이 잘못됐냐고 물으니 대답을 얼버무리셨어요. 뭔지는 모르겠지만 나한테 더 불리하게 재작성이 되겠구나 하는 예감이 들었죠. 하지만 만약 직원의 실수로 작성이 잘못된 거라면, 이후 그분이 징계를 받거나 큰일이 날 수도 있겠다 싶어 다시 구청으로 돌아갔습니다.

02:40 PM 종로구청 민원실

민원실 앞에서 오늘 네 번째 발열 체크 및 손소독을 받고 창구 앞으로 향했습니다. 통지서에 무엇이 잘못 작성되었는지 재차 문의했으나 어색하게 웃기만 하셨습니다. 우선은 제 서류를 돌려드렸습니다. 다시 돌아온 통지서에는 불수리 사유가 다음과 같이 변경되어 있었습니다.

"현행법상 수리할 수 없는 동성간의 혼인임."

이 간단한 답변을 받기까지 네 시간이 걸렸습니다. 현행법. 이 세 글자에 얼마나 많은 뜻이 함축되어 있을까요?

07:00 PM 압구정 모 식당

결혼기념일을 눈물과 좌절로 보낼 수는 없는 법이죠. 퇴근한 언니와 미리 예약해둔 레스토랑에서 만났습니다. 힘들지는 않았냐, 얼른 맛있는 거 먹자는 얘기를 나누다 언니가 편지를 건넸습니다.

"우리가 뉴욕에서 결혼한 지 벌써 1년이라는 시간이 지났어. 자기를 만나고 나서 항상 나보다 얼마나 용기 있고, 사랑이 가득하고, 솔직한 사람인지 느끼고 있었어. 하지만 오늘 자기가 나쁜 결과를 예상하면서도 부딪혀보려는 모습에 다시 한번 반한 것 같아."

저도 이 편지를 읽고 언니에게 다시 한번 반하게 되었습니다. 언니랑 결혼하길 참 잘했어요. 행복합니다.

저희 집에서는 언니가 병뚜껑 열기 담당입니다. 항상 제가 먼저 열겠다고 덤벼들지만, 생각보다 사지에 힘이 없는 스타일인지라 결국에는 실패하고 넘기게 되더라고요. 그럴 때마다 언니는 대신 병을 열며 "자기가 다 돌려놓은 건데 내가 마무리만 한 거야"라고 저를 북돋아주곤 합니다.

오늘 구청에 가며 왠지 저 생각이 났습니다. 굳게 닫혀 있는 병을 한 명씩 돌려도 보고, 뜨거운 물도 붓고, 그 모습을 보고 점점 더 많은 사람이 관심을 가지고 시도하다 보면, 제가 열지 못하더라도 결국에 병은 열리게 되어 있지 않을까요? 분명 그럴 겁니다.

언니, 나랑 결혼할래요?

초판 1쇄 발행 2020년 6월 18일 **초판 6쇄 발행** 2023년 7월 10일

지은이 김규진
펴낸이 이승현

출판2 본부장 박태근
스토리 독자 팀장 김소연
디자인 김준영

펴낸곳 ㈜위즈덤하우스 **출판등록** 2000년 5월 23일 제13-1071호
주소 서울특별시 마포구 양화로 19 합정오피스빌딩 17층
전화 02) 2179-5600 **홈페이지** www.wisdomhouse.co.kr

ISBN 979-11-90786-85-0 03810